她說

王明霞 著

電影原著小說

SHE's Talking, in Island.

獻給

我的父母

〈專文推薦〉

我看見也聽見兩個女人

影評人　藍祖蔚

閱讀仰賴眼睛，閱讀王明霞的《她說》，建議你同時打開耳朵與電腦，找尋伴讀的樂音，眼耳心同步聆賞。

建議之一，找到班尼．安德森樂團（Benny Anderssons Orkester）與海倫．史約荷姆（Helen Sjöholm）合作演出的〈愛情時光〉（Kärlekens tid），讓酣暢圓融的人聲吟唱，哼著：「現在觸摸我／填滿我的生活／我那時還是個孩子／還在尋找我的歌……」伴你走進字裡行間。因為小說初開場有霧有風有著還沒甦醒的女人。

或者，你可以聆聽瑞典導演洛伊·安德森（Roy Andersson）的〈千日千夜〉（Om det oändliga），那是一則則小故事組成的紅塵浮世繪，破題開場的磁性女聲總會以中性又不失溫柔的嗓音唸出：「我看見一個男人，他迷路了；我看見一個女人，她無法感受到羞愧……」一頁接一頁的人間風景，就會以立體浮雕模樣呈現眼前。因為小說的第二幕就是一對爭吵的男孩與女孩，雖然你完全聽不見他們在爭吵什麼。

《她說》是女性言述，是女性觀點；《她說》是公路電影，也是療癒電影；《她說》為你讀遍百家名言，也為你梳理鋪排存放取用的座標。《她說》很現代，也很古典。現代指的是無需明言時序，在在皆是當下素描；古典則是因為全書符合希臘戲劇的三一律：一天之間，一輛車子，一程交心。現代讓你得著對照感，古典讓你感受高張力。

用電影形容《她說》是因為作者王明霞本身就是電影工作者，

六十個場次的段落安排，鬆緊有致，有懸念有承接，有意外有必然。至於「公路電影」的比方更是這類電影有著不成文公式：初始總是煙是火，有矛有盾，「廬山煙雨浙江潮」，總是糾結與嘈雜得有如「未至千般恨不消」，然而一路唱鬧鬥合之後，總能「到得還來別無事」，廬山煙雨還是廬山煙雨，浙江潮也還是浙江潮，卻已各有所悟，各自安放妥當心中塊壘，各奔前程。

知識含金量超高則是《她說》另一特色。一般小說大概不會如《她說》有這麼多的備註，每則備註都是人生金句，處理稍有不慎，就給人賣弄之感，然而王明霞卻極其細膩地將博雜融入幽趣。

看著她優遊穿梭於吳晟、木心和韓波之間；又從容在曼德拉、安迪．沃荷和山本耀司之間左倚右賴；又逐一唱名村上春樹、卡爾維諾和海明威；當然也不會忘記女作家的靈光花羽，閨閣綺思如張愛玲與席慕蓉，前衛激進如維吉尼亞．吳爾芙和戴樂芬妮．米努依……生活在時興拼貼（collage）資訊的我們，其實對都「Nothing is original」一詞深有體會，一切誠如高達所述：「It's not where you take things from - it's where you take them to.」王明霞就像是個貪婪書痴，吞噬千書萬冊，再反芻重生，看著她四處撒花，卻又各成花雨，你會含笑擊掌。

讀完這篇千字序言，〈愛情時光〉或許剛好播完，你可以再次按下 play 鍵，正式展開《她說》的一日行旅。

〈專文推薦〉

老師的話語

我讀了一些，印
象很好。感覚藝術水平可稱，對白語言
亦生動，含時代特點，情節發展亦变化多
端，是令人耳目一新的劇作。
你的對白語詞和句法　較特殊，这是優点，

王文興 11.23.

「我讀了一些，印象很好。感覺藝術水平可稱，對白語言亦生動，含時代特點，情節發展亦變化多端，是令人耳目一新的劇作……你的對白語詞和句法較特殊，這是優點。」

二〇一八年十一月二十三日
——摘自王文興老師與作者書信

目錄

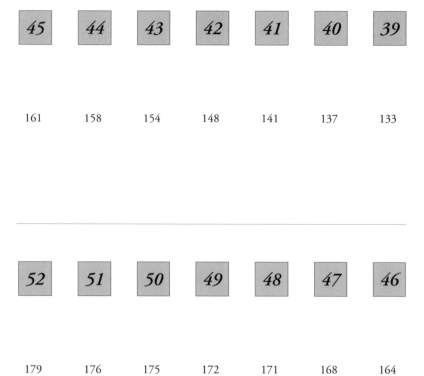

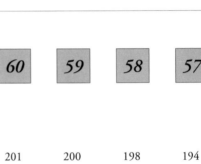

1

清晨薄霧。

一輛與灰霧同色的休旅車穿過朦朧視線，開進隧道。

掌握方向盤的，是個女人。

惺忪的神情看不出是一夜未眠抑或尚未完全甦醒。

隧道裡，只有她單獨的車，在路上。

女人打開收音機，新聞報導今年第一個颱風即將登陸，可能有強勁暴風雨。廣播間歇夾雜噪聲，逐漸被莫名力場扭曲似的旋出金屬磨擦的異聲。

帶著銳利弧度的詭譎音場劃開女人臉上殘存的惺忪晨霧。

車子開出隧道。

天已亮，薄霧散盡。

此城與女人一同甦醒。

獨行的車開往市區路上，匯流進人間的車水馬龍。

2

女孩有一張清秀甜美的臉。薄化妝。

春系衣裙在夏日陽光下更顯清爽。

此刻躁怒鬱色佈滿女孩的臉。面前高大俊挺身影說出的話是女孩怒氣的源頭。水氣逐漸在眼裡蓄起，像要包裹住那一碰就碎的脆弱。

揚起無助的臉，女孩仰視天空，彷彿尋求答案。

天空有的只是一枚夏日豔陽。光芒刺得女孩眼睛發痛。

男孩慌亂扯住女孩臂膀，急切對她解釋什麼。

陽光蒸發了視線，落在女孩眼裡那灼人太陽攜著水霧退場，只剩一片乾澀如旱地，澀得發疼，恍惚了聽覺。

女孩聽著卻又像聽不見男孩傷人的話。甩開他的牽扯向前奔衝，想逃離感覺快失控的這一切。

一聲尖銳急速的剎車聲劃醒女孩的理智。

3

車子啟動。駕駛座上是一張寫滿擔憂的女人側臉。

後座的女孩，幾分鐘前撞上女人的車。

或女人的車撞上女孩？

手機鈴響從背包裡悶聲傳出。

女孩面無表情望向前方，視線失焦。

嘉年華的歡樂鈴聲很符合春系的年紀，她卻失聽般放任聲響到盡頭。然後是叮叮叮的訊息聲持續跟進。

還好嗎？傷到哪裡？有沒有怎麼樣？女人緊張追問。

女孩堅守沉默。嘉年華鈴聲再度響起，似乎在跟女孩較勁誰先屈服。

車子緩慢駛向醫院車道。

救護車越過女人的車，急促鳴笛聲終於喚醒女孩注意力。

女孩看向女人，理解女人的意圖。

我沒事。

女孩說了上車後的第一句話。

「去照個 X 光，檢查有沒有內傷……」

「妳沒有撞到我！是太陽……太刺眼。」

「住哪裡？送妳回去。」

女孩沉默不答。

「或是妳想去哪裡？載妳……」

女孩囁嚅的聲音很低很低，女人卻還是聽到了。

想去死。

4

女人搭在方向盤上的手不自覺握緊，眼角打量女孩低頭緊握手機，意識停留在自己的世界裡。

彷彿剛才那句低語只是風不小心走漏的風聲。與女孩無關。

真的是陽光太熱烈？還是車裡空調不足應付越來越張狂的暑氣？一張口女人就感覺陽光烤乾了嗓子，以至於連笑聲都有點過度乾燥，缺乏親切感。但女人也只能端出一點乾笑作為化解僵局的開場。

「妳……」

突然的手機鈴聲。不是女孩的嘉年華，是女人的進行曲。

正好拯救了女人的一時詞窮。

「在路上，怎麼了？——好，我去拿，地址傳給我。」

女人滑手機確認接下來的行程地址，設好導航上路。邊開車邊故作輕鬆試探女孩。

「還好嗎？要不要打電話叫家人來接妳……」

不等女人把最後的話說完，女孩突然發狠想拉開車門，才發現車門已被鎖住。女孩不死心試圖掙扎，女人緊急路邊停車。

兩人眼神在後視鏡中對峙。女孩絕望的神情像受傷的小獸，語氣是佯裝的發狠。

「沒看過失戀的人啊！妳失戀過嗎？」

女人笑了。好像聽到一個有趣的問題。車裡空調終於壓制了暑氣，女人笑聲不再乾澀，多了點溫度。

「四次。其中兩次，還是同一個人。」

女人轉移注意力的方式發揮了效果。女孩暫忘自己的情緒，專注在女人有點不可置信的故事序言。

女人的答案還有備註。

「同一個人，我的初戀。」

5

「為什麼？」

女孩的好奇心像烽火被點燃。

女人隱約察覺自己無意間好像啟動了什麼。然後意識到她開啟了自己的回憶。

「我們是青梅竹馬，從小一起長大，一起度過慘澹青春期，好不容易撐過大學聯考，約好一起慶祝我十八歲生日。結果……他送我一個難忘的生日禮物。」女人有點抗拒說出那兩個字，「劈腿。」

「……後來呢？」

「後來上大學，參加很多社團，認識很多人，還有喜歡帶大家參加社運的學長。」

女孩打量女人的表情，恍然大悟。

「妳喜歡學長！」

「為什麼少女的故事裡一定要有暗戀學長的橋段？」女人反問女孩，「妳喜歡這種老套的劇情？」

「只要學長夠帥，劇情就永遠不老套。」

「果然是正義即顏值的少女心啊。」

「我猜妳那個社運學長一定很帥！」

「他是個很有趣的人，高中畢業當完兵跑去當船員，他說那是窮小子環遊世界的捷徑。海上無聊的時候就看書，有一天看完卡謬的《異鄉人》，決定回到陸地，考大學。」

女孩端詳女人說話的神情，忍不住嘲諷。

「暗戀又不承認，彆扭！」

6

攝影器材店內。女人收拾攝影器材包，不時轉頭觀察女孩在車裡的動態，感受到女孩淩厲的眼神遠遠瞪視著她。

簽收完單據，女人跟同事通話討論工作，確認後續行程。

女孩在車上盯著女人很久，看到她終於揹器材回來，忍不住憤怒。

「為什麼鎖車門?!」

「怕妳想不開做傻事，警察找我做筆錄，麻煩。」

「看不出來妳這麼冷血！」

「血的溫度確實是看不出來。真正重要的東西，是肉眼看不見的[1]。想好去哪了嗎?待會順路送妳。」

「想去死。」

「我待會有工作，沒時間跟妳胡鬧。」

「正好！我也不想跟妳瞎聊。」

女孩動手翻弄女人放在後座的攝影器材洩憤。

「想去警察局嗎？」

女孩悻悻收手。女人發動車子上路。

7

「妳是攝影師喔？」

「拍紀錄片的，製片。」

「製片……要做什麼？」

「簡單說就是找錢和找人拍片。」

「就這樣？」

「安排進度、器材、管錢、買飲料便當……」

1　《小王子》安東尼．聖修伯里著。

「天啊，太累了吧，為什麼不當導演？」

「當導演更累。」

「那為什麼要拍紀錄片？」

「因為可以像妳這樣，問問題。」

「這就是妳拍片的目的？」

「問題真多，蠻適合當導演的，有興趣試試看？」

「訪問妳喔？——很難聊。」

「目前為止，我一直很配合啊。」

「遇到重要問題，妳就丟出另外一個問題，這算回答？」

「有時候，問題比答案更適合當做回答。」

「又來了！矯情——大人都這麼會逃避問題嗎？」

「以前曾經問學長為什麼要參加社運？他真的相信世界會因此改變？他借了湯瑪斯．曼說的『我寧可參與人生，而不是寫一百則故事』

回答我們。」

「這句話跟他參加那些活動有什麼關係？」

「書本之外的真實人生，有更多值得關注的。魯迅也刻一枚『文章誤我』的印章自嘲。」

「文章誤我又是什麼？」

「有點諷刺或感歎讀書人讀太多書，忽略了現實人生的重要。或許學長在船上看太多書，提早領悟，後來他常說只讀書太虛無，人不能只長頭腦不長身體，要走進社會，學習參與。」

「參與什麼？」

「參與和我們有關的事情，去理解不同的人的處境。」

女孩試圖思考女人話中的意義，卻感覺自己的思想小徑過於短淺，一下子就走完了。

「但是，除了被要求專心讀書考上好大學，我不知道還有什麼事情跟我有關。」

8

「曾經採訪過一位九二一地震後，到南投災區救援的軍人。他說，第一次打開屍袋，平時強悍的軍隊兄弟們，手都在發抖。南亞海嘯發生後朋友找我去當志工，幫忙整理突然大批湧入寄到災區的救援物資，幫忙標註英文、分類。整理到幾箱屍袋時，大家都愣住，不知道英文該怎麼寫——話題太嚴肅了？」

「說來說去……妳會拍紀錄片還是因為學長嘛。」

「唉，妳真是活在粉紅色泡泡裡。我不是一開始就做現在的工作。大學畢業後，去銀行上班過一段時間。」

「妳！在銀行上班？」

女孩打量女人一身休閒隨性的穿著，默默腦補另一個穿著套裝窄裙版本的女人。

「大學主修財管，畢業後去金融機構上班，很理所當然啊。那時候的人都這樣。」

「理所當然有什麼不好？」

「如果別想太多，是沒什麼不好。」

「後來為什麼換工作？」

「有一天接到客戶打電話來哭說，沒錢還債想死。我怕他想不開，不敢掛電話，聽他發洩了很久。後來看到燒炭自殺的新聞，都很怕是那位客戶。之後還是每天一樣的上下班，只是隱隱覺得以前看起來理所當然的，好像不那麼理所當然。然後想到，為什麼學校教會我的東西，沒有讓我學到怎麼幫助別人。」

女人的思緒在遙遠的過往中翻閱探索。

「當年那句為什麼，開啟了我。」

9

女人的車堵在城市鬧區的車陣裡，動彈不得。

女孩的腦袋也被女人說的故事塞住，動彈不得。

「剛剛說的，是什麼意思——？」

「妳知道屍袋的英文？Body Bag. 就這麼簡單兩個常用字，但，卻離我們很遙遠。……菜鳥銀行員接到想自殺的客戶電話，腦子裡閃過大學讀的經濟、會計……課堂高談闊論金融趨勢的知識份子走進現實世界，卻不知道該用哪種理論去安慰一個陷入困境的人。卡謬說，真正嚴肅的哲學議題只有一個，那就是『自殺』[2]。那客戶把我嚇醒了。想起每天在辦公室重複機械性的工作，人一輩子只有一萬多天。人與人的不同在於，你是真的活了一萬多天，還是僅僅生活了一天，卻重複了一萬多次[3]。——然後發現，好像真的回不去了。」

「回不去哪裡？」

「《駭客任務》[4]裡男主角吞下紅色藥丸後就像掉進兔子洞，我也有點像掉進兔子洞——」

「聽不懂。」

「那時候發現自己在乎的事情好像跟別人不太一樣。他們屬於那裡，而我只覺得，有一部分的我，似乎應該，生活在他方。」

「那妳想要生活在哪個他方？」

「我的他方，是一座看不見的城市。」

2　《薛西弗斯的神話》亞伯特・卡繆著。

3　《惶然錄》費爾南多・佩索亞著。

4　《駭客任務》拉娜・華卓斯基、莉莉・華卓斯基執導的電影。

「看不見要怎麼去？」

「用想像力啊。」

「好冷。」

「我以為妳會欣賞大人的幽默感和想像力。」

「我只希望妳能說些我聽得懂的。」

10

前方車陣終於開始移動，女人鬆一口氣。車速緩慢的前進。

「大學讀了米蘭．昆德拉的小說，這本借用韓波詩句（La Vie est d'ailleurs）命名的《生活在他方》，沒讀懂。後來知道這句話也是一九六八年巴黎學運的口號之一。」

「生活在他方……是什麼意思？」

「我讀過兩種解釋，一種是『真正的生活總是在他方』；另一種是『生活可以不是現在的樣子，生活還有其他的可能』。」

「我讀過村上春樹，他寫過類似的情境，說遠方有什麼在呼喚著人們前往。」女孩揶揄女人，「所以，年輕的菜鳥銀行員被遠方召喚了？」

「不久之後，去聽了一場演講。講者A曾經在華爾街工作。幾年後離職，去偏鄉參與希望工程。他說那幾年賺的比普通人一輩子賺得還多，身邊的人都覺得他是人生勝利組，但他卻覺得，成功的定義不等於賺大錢。」

「那他覺得什麼是成功？」

「A提到一位詩人，開了間小酒館叫『苟且』，提醒自己因為苟且才能繼續寫詩。酒館生意不錯，詩人可以維持生活。晚上工作，白天寫作，有點像早年的村上春樹。那位詩人讓A理解了，成功，也可以是樂在其中做自己想做的事。」

「那是因為他賺了夠多的錢，才會說這種話吧。」

「不要這麼偏激。後來 A 去了很多偏鄉學校。他說大家都覺得底層的人很可憐，其實他們也懂生活，不仰賴金錢的樂趣隨手可得。」

女孩不以為然。「後來呢？」

「後來，聽 A 說偏鄉小學需要志工，我就去了。」

「就這樣辭掉工作？」

「家人和朋友不能理解我為什麼放棄銀行工作，跑去地圖上找都找不到的村子做志工。」

「那妳怎麼解釋？」

「沒辦法解釋。總不能說我的生活不在這裡而是在他方吧。」

「他們應該會瘋掉吧，哈哈。」

「我承諾家人會養活自己，希望他們尊重我。」

「他們同意了？」

「沒人能改變一個經濟獨立的人的決定。」

「這是遲來的叛逆期？」

「這是度過青春期蛻皮儀式的獨立宣言吧。」

「好激烈。」

「很多人的第一場成長革命都在自己家裡。很難想像吧，有時候，父母自以為的愛卻是孩子拚了命想掙脫的牢籠。」

「所以妳想去他方？」

女人沒回答，只輕輕嘆氣。

「還記得妳去的第一個他方嗎？」

11

女人沉默，熟練地轉動方向盤在車流中轉了幾個彎。

女孩靜靜等待女人的回答。

「汶川大地震發生時，A正好在四川，我就請假飛四川。」

女孩滑手機 Google 汶川大地震。

「志工團探訪一個房屋全垮的山區小村。災民們沒有離開，或許因為他們也無處可去，就在倒塌的廚房邊生火煮飯，繼續過日子。那個景象震撼了我。如果，生活脫去華麗的外衣後，還剩下什麼，或許就是那樣質樸的一日三餐。」女人在回憶裡停頓了一會。「之後，我們往更深的山裡去，在山中小學校園遇到一對夫妻，他們說，學校裡的孩子，都被埋在垮掉的教學樓裡……」女人深呼吸，消化心裡的情緒。「校園後方山坡路邊有很多小木片，每塊木片底下，是一個孩子……。認得的就寫名字，認不得的就寫號碼，像墓碑一樣，立在那黃土坡上。」

女人腦海浮現當年親睹的經歷，車內陷入沉默。

「喂……」

女孩的聲音喚回女人的思緒，回到此刻當下。

「第一次到重大災難現場，行程混亂匆忙，只能先工作，沒力氣多想。回台灣後，看著上百張災區照片，心裡突然被一股莫名力量衝撞。那瞬間，突然理解，當年，為了追尋不知道在哪裡的遠方，冒險辭掉穩定工作的原因。好像就為了帶自己走向那裡……。即使只是間接感受，災難，也永遠的改變了我。」

「災難現場，有這麼大的影響力？」

「日本女作家小川洋子，早期作品風格陰暗。後來，她去了奧茲維斯集中營，被那個環境遺留的氣氛強烈震撼。她說，世界不需要再多陰暗了，她要寫人性的溫暖。」

12

女人路邊停車，打電話與同事討論行程。確認了變更的工作計畫，女人重新導航上路。

女孩重啟未完的問句。

「去過四川……是妳後來拍紀錄片的原因？」

「或許，那是一切的原點。」

「所以決定轉行？」

「當時想起《傾城之戀》[5]。小說看似浪漫地傾了一座城，成全女主角的愛情。真實世界裡，傾一座城，未必能成全誰的愛情，卻肯定是場悲劇。沒想到，這個他方，竟改變了我的價值觀。」

「價值觀到底是什麼？」

「山本耀司說，『自己』這個東西是看不見的，撞上一些別的什麼，反彈回來，才會了解自己。我想，價值觀就是自己出去撞牆後，彈回來的東西。」

「很難懂。」

「比如有人叫妳不要玩火，妳偏要玩到被燒傷了，才知道**火很危險**，就是妳的價值觀。」

「可以不要用我做例子嗎！我們在說妳。」

5　《傾城之戀》張愛玲著。

「川震的經歷把我格式化重開機，我決定出去外面看看更多的世界。」

「妳去了哪裡？」

「卡爾維諾說，城市不會訴說它的過去……」

13

女孩邊翻白眼邊刷手機搜尋卡爾維諾。

「這座城市不會訴說它的過去，而是像手紋一樣包容著過去，在每個小地方都一一銘記了刻痕、缺口和捲曲的邊緣[6]……這段話在說什麼？」

「意思是，旅行不是只是上車睡覺、下車拍照打卡，也可以欣賞抽象的歷史脈絡。」

「妳一定要這樣說話嗎?!抽象到底是什麼意思?」

「就是鼓勵妳用一點想像力啊。」

「謝謝妳提醒我缺乏想像力這件事。」

「所以妳旅行是為了跟知名的Logo，比如巴黎鐵塔、帝國大廈拍照打卡?」

「對啊，不然要去看什麼。看不見的城市?」

女孩不以為然地對女人做鬼臉。

「去紐約之前，身為觀光客的幻想是，看自由女神像，去中央公園的草莓園，去蘇活區喝咖啡吃美食，漫遊博物館和時代廣場，拍幾張到此一遊的照片。最後，一定要登上帝國大廈，親自打卡《西雅圖夜未眠》[7]的場景。」

6　《看不見的城市》伊羅塔・卡爾維諾著。

7　《西雅圖夜未眠》諾拉・艾芙倫執導的電影。

「後來，妳真的去了紐約？」

「嗯。」女人點頭。

「那些想去的景點，哪裡最讓妳難忘？」

女人望向車流正前方矗立著那棟國際知名的台北超高地標建築。

「第一次去紐約，是後九一一時期。世貿中心遺址周邊圍了很多人，大家都想看看這場災難究竟留下了什麼。」

「那妳看到什麼？」

「一個工地，裡面豎起一個鋼構十字架。人們以為災難現場只有歷史的傷口，卻同時看到十字架。在絕望中，也看到了盼望。」

女孩滑手機搜尋世貿遺址的相關照片，看到女人提及的十字架。

「世界貿易中心十字架（World Trade Center cross）[8]。」

「從災難廢墟中撈出來的盼望。」

「只是兩塊交叉立起的鋼條，真的那麼有意義？」

「不要低估看見的東西帶給妳內心的影響。」

14

車子行駛到市區高架橋下，橋身陰影遮擋了些許酷暑熱氣。

等待綠燈的片刻，女人想起記憶底層一些畫面。

「沙灘上的敘利亞紅衣小男孩[9]、飢餓的蘇丹[10]、燒夷彈女孩[11]……看過這些照片嗎？」

女孩開啟手機搜尋女人提到那幾張照片。

看著承受飢荒身形佝僂的瘦小女孩與她身後那隻虎視眈眈的禿

8 「世界貿易中心十字架」，從九一一世貿中心大樓廢墟中發現的一組貌似十字架的鋼樑。

9 「艾蘭・庫迪之死」尼魯佛・迪米爾拍攝的攝影作品。

10 「飢餓的蘇丹」凱文・卡特獲得普立茲攝影獎的攝影作品。

11 「燒夷彈女孩」（Napalm Girl）黃公崴獲得普立茲攝影獎的攝影作品。

鷹，看著赤裸奔跑躲避炸彈轟擊的女孩，看著倒臥在沙灘上的瘦小紅衣男孩……。女孩眼神離開手機螢幕，望向前方，注視的焦點中心像是不存在前方的異度空間。

女人等待沉默的女孩慢慢從照片帶來的震撼中恢復。

綠燈了。車子駛離高架橋邊，重回陽光下。世界瞬間明亮起來。

女孩神情恍惚，似乎有點不適應突然回到現實，覺得剛才短暫的視覺經歷，像一場夢。

「……有一瞬間，好像突然被拉到照片現場。覺得很難過……」

女孩試圖搜尋適當的詞彙描述她感受到的，「不知道該怎麼形容，說同情，好像太膚淺……很想罵髒話！」

女孩憋屈著胸中那口氣，清秀甜美的臉此時顯得扭曲。

車內蘊積著一股強烈的憤怒，女人感覺到了。她輕哼起一段旋律。

女孩躁動不安的心被那輕柔的聲音安慰了。

女人眼神聚焦在遠處，慢慢哼唱這段旋律的詞句。

「亞細亞的孤兒在風中哭泣，黃色的臉孔有紅色的汙泥，黑色的眼珠有白色的恐懼，西風在東方唱著悲傷的歌曲。亞細亞的孤兒在風中哭泣，沒有人要和你玩平等的遊戲，每個人都想要你心愛的玩具，親愛的孩子你為何哭泣[12]……」

15

「有一本小說，描寫一群因為戰爭，不小心掉進歷史深淵，再也回不了家的人。他們寄居的地方，叫異域[13]。還有一位名叫亞細亞的

12 〈亞細亞的孤兒〉羅大佑詞。

13 《異域》柏楊著。

孤兒[14]，他是徘徊在不同地域的小小島民。因為戰爭，被迫在不同的地方追尋自己的身分，最終卻失去了自己。」

「為什麼會失去自己？」

「因為躲過戰爭活下來的他，發現，卑微地生活在戰火撕裂的歷史簾幕下的那個自己，原來是個孤兒，不屬於任何地方。沙灘上的敘利亞男孩——第一次看到那張照片，忽然就想起〈亞細亞的孤兒〉這首歌，如果紅衣小男孩幸運地活下來，會不會成為西方世界裡的孤兒？如果他想追尋自己的身世，會不會發現，原鄉已成為異域？」

「或者，他會在西方世界從此過著幸福快樂的生活？」

「或許，這是比較好的結局。如果那孩子沒死……」女人感慨，「南非第一位黑人總統曼德拉，在就職典禮上讀了一首詩，描寫詩人目睹一場不該發生的槍戰中，一個孩子的死亡。詩的第一句就是『那孩子沒死……』」

女孩搜尋到女人說的那首詩。

「那孩子沒死……他對著吶喊非洲的母親揮拳相向，那孩子沒死，沒死在蘭加，也沒死在尼楊加……即使他頭中槍，躺在地上，那孩子只想在尼楊加豔陽下玩耍，那孩子本該茁壯成人、踏遍全非洲，那孩子可以長大，旅程環遊全天下，毋須任何通行證[15]……」

「戰火下的孩子們都一樣，本該茁壯成人……」

女孩眼神停在手機螢幕上被燒夷彈烈焰燒傷的女童照片。

「這位女孩，活下來了嗎？」

「嗯。拍照的攝影師黃公崴救了她。後來她成立基金會，幫助許多因為戰爭受傷的兒童。」

女孩搜尋到成年後的燒夷彈女孩，如今已是聯合國親善大使。

「感謝上帝，那孩子沒死。」

14 《亞細亞的孤兒》吳濁流著。

15 〈一個在加彭被士兵射殺的孩子〉英格麗．瓊寇作。

「拍下兩張女孩照片的兩位攝影師，都得了普立茲獎。不同的是，禿鷹和女孩的攝影師，在照片刊登出來隔年，自殺了。」

女孩震驚 Google 新聞：「他女兒說，父親像是照片裡的女童，而世界，是那隻禿鷹……」

「抽象的感覺被眼睛看到的東西具體化之後，情緒很容易被誤導，以為自己的感受是唯一真理，卻不曉得自己已默默地戴上偏見的隱形眼鏡。無辜的人們因為少數人的偏見犧牲生命。世貿中心的傾倒就是最昂貴的代價。人們開始活在無所不在的恐懼裡。」

「現在常看到各種恐攻新聞，都有點麻痺了。說不定沒有恐攻，我們一樣會彼此傷害，彼此懷疑？荀子不是說『人性本惡』？以前我比較支持『人性本善』，但，今天之後……我覺得荀子是對的。」

「如果沒有被背叛，妳是相信人的？」

「比較願意相信……」女孩臉上滿是受傷後的情緒殘痕。

「沒受過傷的人，願意相信人性本善。很難理解倖存下來的人，心理的創傷。」

「所以，九一一後的世界，回不去了。是嗎？」

「那變成我們共同的傷口。越來越多的微型恐攻不斷發生，從西方蔓延到東方，社群媒體甚至還開啟恐攻直播……」

「好想穿越回九一一之前，看看二十世紀是什麼樣子。」

16

女人的進行曲響起。她以正在開車為由迅速結束通話。

「二十世紀啊，有相對論、白話文運動、女性投票權、電影新浪潮、搖滾樂和爵士樂，有電視、電腦和網路，還有許多風起雲湧的宣言。人類飛向太空，高牆起此彼落。亞當．史密斯和卡爾．馬克思的知識種子，瘋狂生長。如果說二十世紀是百花齊放的思想時代，那二十一世紀就是數位秘笈。組成人類的不再是ＤＮＡ，而是大數據。」

「聽起來二十世紀真是個精彩的時代。好像所有好玩的東西都被玩遍了。感覺二十一世紀是個很無聊的年代，只能重複剪貼別人已經說過做過的事情。」

「可是，二十世紀也有揮不去的陰影。」

「什麼陰影？」

「兩顆原子彈，和，車諾比核電廠。」

「這世上不該再有藍色螢火蟲的墳墓，這世上不該再降下黑雨，摯愛的人不該再知道折千紙鶴的意義[16]……。這個世界上，不該再有《廣島末班列車》和《車諾比的悲鳴》[17]這樣的書。」女人低嘆，「二十世紀的歷史，被兩場大戰改寫。戰爭就像手術，重整瓦解的世界地圖。百年來，逐漸崩塌的世界也慢慢暴露出那兩次整形手術的低劣技巧與失敗。更沒想到，二十一世紀的歷史竟然會以兩棟倒塌的大樓開始。」

女人說著，在紅燈停車的空檔，嚴肅地看向女孩。

女孩不解。「幹嘛這樣看我？」

「我們不能控制天災和意外，卻能控制自己。」

綠燈了。車子繼續行駛，女人聊起往事。

「二〇〇九年夏天去首爾，有一天突然遇到街頭重裝武警戒備。回旅館看新聞才知道，當天早上，前總統為了一樁未定讞的弊案，跳崖自殺。他的支持者上街憤怒抗議，差點引起暴動。妳知道自殺會有

16 《廣島末班列車》查理．裴列格里諾著。

17 《車諾比的悲鳴》斯維拉娜．亞歷塞維奇著。

蝴蝶效應嗎？」

「什麼蝴蝶效應？」

「如果覺得失戀就是不值得被別人愛，因此看輕自己，衝動結束生命，那就太傻了。」

「我沒有想不開！就算有又怎樣?!我又不是大人物，沒有我，世界照樣運行。」

「有想過妳爸媽會難過嗎？目前為止的人生裡，有遇過比失戀還嚴重的事，讓妳痛苦到想毀掉自己？」

17

女人車停青島東路邊。

女孩的嘉年華鈴聲打破沉默。響了一陣，女孩不接，鈴聲續響，急急催促女孩接電話。

女人看女孩洩憤似地把手機扔進背包。她不打算過問女孩心事，下車走進前方大樓。

確定女人離開自己視線後，女孩才拿出手機，點開一串未讀的訊息。懸浮在螢幕上的手反覆猶豫著要不要回覆。掙扎好一會，決定已讀不回。抬頭看周遭環境才發現車子停在青島東路。

女孩望著前方出神，心裡浮現一些遙遠的聲音。

女人從大樓出來後，沒立刻上車。她在離車子一段距離的地方觀察車內女孩的狀態，之後轉進便利商店買飲料，心想著，用飲料當作輕鬆的轉場話題，勸女孩早點回家吧。

女孩下意識接過女人遞來的飲料，眼神還漂浮在前方路上。

「在想什麼？」

「目前為止的人生，除了失戀，還遇過什麼更黑暗的事？突然想起那天晚上……」

女人順著女孩的視線往前看，想了一會，不確定女孩提到的那個晚上是否跟她想的一樣。

「那天晚上，妳在**這裡**？」

「妳也在？」女孩有點意外。

女人點頭。「妳為什麼來？」

「剛好在附近補習，朋友轉發消息，就跑來看看。」

「爸媽沒阻止妳？」

「每次跟朋友抱怨我爸媽除了叫我好好念書、不要做危險的事，其他的幾乎都不管，他們都覺得我有病！」

「為什麼覺得妳有病？」

「大家都覺得我人在福中不知福。他們不懂，做什麼都沒有人在乎的感覺，很空虛好嗎。我覺得那些一直在對抗父母或體制的人，反而比較輕鬆。」

「為什麼？」

「他們不用焦慮未來要做什麼，因為眼前就有一堆障礙等著去突破。不像我，每次被問到以後要唸什麼、想做什麼，都不敢說不知道，那樣會顯得我很無腦。可是，今天以前，我最大的夢想真的只有跟前男友考上同一間大學。我嫉妒那些被父母逼著唸書的人，要嘛就順從，要嘛反抗，至少比我連方向都沒有來的好。而且我還不能抱怨。長大這件事真讓我抓狂！人到底為什麼要長大?!有時候我好想要尖叫——因為爸媽給我自由，那種表面的自由，像鎖一樣困住我，我連想抗議的正當理由都沒有！我想知道自由的界線在哪裡？」

女孩連珠砲似說出壓抑已久的焦慮，女人聽著，視線聚焦前方，一個抽象狀態的前方。這條路每日如常車水馬龍，但，這樣尋常的路上，因其特殊性，曾經有過無數個如女孩這般的提問。

自由的界線在哪裡？

麥田捕手的手套，漏接了青春的光，只捕到身後的陰影……

「所以，妳來這裡找答案？」

18

女孩低頭思想著什麼，想了很久，關於應該如何描述那段心情。

「那天晚上來這裡，聽到大家都在喊，我也跟著喊。終於可以盡情大叫，而且沒人叫我閉嘴。雖然，其實我不太懂發生什麼事，但開始知道教科書以外，有一個很大的、超過我能想像的世界，讓我對未來有了期待，我想更認識那個世界。回家之後卻覺得，好像這輩子會遇到的最酷的事情，已經結束了。然後我對未來更迷惘了。」

「除了迷惘，沒有別的收穫？」

「那時候，把累積的情緒吼完，就覺得，好像沒有那麼多事……可以抱怨了。」

「其實，妳只是期待有人能好好聽妳說話吧。」

女人的話，像針，戳中了女孩的紅心。她愣著，消化這份突然發生的被理解。

被理解的焦慮和憤怒，從被戳中的那微小縫隙，慢慢洩出。慢慢和緩。慢慢平坦。

女孩的關注終於離開自己肚臍眼，轉向他者。向身邊第一位她者。

「妳呢？這裡發生的事，對妳有意義嗎？」

「每次被問為什麼拍紀錄片，總是回說，喜歡啊。然後又會被問，喜歡什麼？」女人思想著該如何解釋。「『喜歡』是一種很直覺的反應。想去觀察，去了解，去參與，去記錄。這裡發生過的事，對我有意義嗎？——這問題我也自問過很多次。就像記錄川震現場的經歷。當時，只知道那是一件撼動歷史的事情，但並不那麼清楚自己記錄的東西，對我或其他觀看的人，可能有更多深刻的意義。我覺得很多事，包括人生，可能是沒意義的。意義，要自己賦予。我喜歡在現場，喜歡直視人們的眼睛，喜歡親自經歷。一位我很喜歡的作家說過，安身立命唯一的方法是去認屬一個理念……涉及正義、原則、真理、信念的事物，那些是不會發生在實驗室或圖書館的[18]。要走出象牙塔，為你在乎的事挺身而出。在現場，就是參與。」

女人不確定這些厚重的語言是否女孩都能理解，但那不重要。她想起賈伯斯曾說的，put a ding in the universe。她很確定，那天晚上，這條路也被歷史的手 put a ding。

無論那叮聲的音量如何，都在她們心裡留下恆常的泛音聲響。

19

車子轉過人潮匯集的車站前，轉向充滿歷史樣貌的老城區。

女孩的好奇心再次掉回粉色泡泡裡。

「學長……現在好嗎？」

「學長的前女友選上市議員後，他們大吵一架，決定分手。之後學長搬到東部定居，現在是民宿老闆。學長說他想通了，人不能憤青

18 《權力、政治與文化：薩依德訪談集》高莉・薇思瓦納珊編。

一輩子。」

「憤青是什麼意思？」

「就是妳照鏡子會看到的啊。」

「很冷。」女孩假裝打了個冷顫。

「學長說，大部分戴上魔戒的人都沒有學會怎麼使用權力。因為大家比較擅長使用憤怒。」

「對啊，不管會不會使用，先發動戰爭得到它再說。」

「以前大家常互開玩笑，男人一生追求戴上魔戒，女人一生渴望擁有魔鏡。」

「魔鏡，魔鏡，誰是世界上最美麗的人？」

「如果答案是妳，妳會不會希望一輩子都能照到這面魔鏡？學長說，他的前女友在激烈的競選後險勝。可是，競爭過程耗損太多。選舉結束後，他進醫院躺了三天。醒來後他問自己，為了得到魔戒的過

程犧牲這麼多，到底值不值得？他說自己信仰的東西正在變得脆弱。很久後才聽他前女友說學長想太多，太虛無。她父親是企業家，從政是務實的決定，跟學長的理想性不同。」

「所以他們分手了。」

「年輕時同樣的追尋，後來發現是不同的動機，分手也難免。難怪學長感嘆，有時候擊敗你的，不是你不信仰的，而是你信仰的。」

「學長真是位感性的大叔。」

「對啊，所以民宿生活很適合他。那天跟他聊了很多，還聊到懷念當年社團夥伴們嚮往要一起回去那個垮掉的年代。」

「什麼垮掉的年代？」

「美國作家凱魯亞克曾經對他朋友約翰說：這實在是個筋疲力盡的時代。後來約翰在雜誌發表一篇文章，標題就叫：『這是垮掉的一代』。」

20

女孩Google垮掉的年代，貌似突然發現新大陸：

「垮掉的年代，理想是支持精神和人權自由、反對文學審查制度、反對威權……文學代表作品有《嚎叫》、《裸體午餐》——這幾本看起來評價蠻高的。」

「可能是作家和那本作品象徵的代表意義吧。」

「白話文，拜託！」

女人想了想，「先來聊聊世界著名的小便斗好了。」

女孩好奇等待女人又出什麼新招。

「有一位藝術家叫杜象，他把小便斗裝在一個基座上，取名『噴泉』。第一次看到實體展覽時，一直在想，為什麼要來美術館看一個小便斗？」

女孩哈哈大笑，「對啊，為什麼？」

「後來請教藝術家朋友，才知道那是達達主義的重要代表作品。」

「達達……什麼？我只讀過『我達達的馬蹄是個美麗的錯誤』[19]……」

「這個確實是我們共同的經典回憶。」

女孩開啟 Google 模式，搜尋另一個新大陸。

「達達主義……是第一次世界大戰顛覆、摧毀舊有歐洲社會和文化秩序的產物……達達的創作追求『無意義』的境界……所以達達主義是為了反對而反對？」女孩盯著手機裡的「噴泉」照片，有些不以

19 〈錯誤〉鄭愁予作。

為然。「掛上達達主義的招牌，小便斗也可以變成藝術品？」

「這是個有趣的問題，比如先有垮世代宣言才有《在路上》等作品，或是先有『噴泉』相關作品，才型塑達達主義的具體精神？」

「答案是？」

「這個問題沒有標準答案，但這類的藝術實驗刺激我們去思考，究竟看到了什麼，其實還蠻有趣的。」

「所以我畫幾張鳳梨罐頭，寫篇短文充場面，放進美術館展覽，也可以說那是藝術囉？」

「妳的構想，幾十年前已經有人用康寶濃湯罐頭做過了。」

「可惡！每次想到什麼好玩的，就會被說已經做過了。所以不是我沒想像力嘛，根本就是二十世紀的人提早把我們的點子用光了。」

「Nothing is original[20]。昆丁・塔倫提諾說自己的作品『哪有什麼致敬，就是抄襲』。借用高達的話，重點不是妳從哪裡取得事物，而是妳將引領它去向何處。」

「所以，把康寶濃湯罐頭變成藝術品，也是一種實驗？」

「我也很希望有機會採訪安迪・沃荷，親自問他這些問題。」

「他是妳的偶像？」

「我覺得他是怪叔叔，因為他的思考邏輯很有趣。比如他說『我要是照鏡子，肯定什麼也照不到。大家都說我是面鏡子，鏡子照鏡子，哪裡照得出東西？[21]』很囂張的話吧……離題太遠了，還是回到怪叔叔成名前的垮世代吧。凱魯亞克的『自發性寫作』其實也蠻有實驗性，憑直覺寫，不修改。他的《在路上》寫出青年人的困惑迷惘，引發很多迴響。《嚎叫》還引發官司，掀起一場意想不到的風暴。」

女孩看著手機螢幕上的《嚎叫》，無法相信有人會因為出版一本詩集被告上法院。耐心有限，她迫不及待想知道結局。

20 《MovieMaker Magazine #53》Winter, January 22, 2004。吉姆・賈木許導演。

21 《安迪如何穿上他的沃荷》安迪・沃荷著。

「結果呢？」

21

女人努力回想她記得的部分情節。

「當年法庭辯論的重點大概是：什麼是詩？文學的價值在哪裡？因為詩集中使用了很多尖銳又赤裸的文字，檢方和辯方在法庭上激烈的辯論，詩人的文字是否汙穢有罪？」

「後來法官怎麼判決？」

「法官認為用字遣詞是文學家寫作的權利，如果大家還想享受自由的話，就必須保障言論自由和新聞自由權。《嚎叫》對社會有特殊的價值，無罪。」

「這位法官好有遠見。」

「在保守的年代，許多文學家勇敢以作品和時代對話。在每個人都能暢所欲言的今天，卻少有深刻的文字震撼人心。」女人感嘆，「寫出《悲慘世界》的雨果，因為不朽的文學成就，死後被法國政府以國葬方式致敬。當時有百萬人上街頭為他送行。」

「這麼偉大？」

「文學家用作品與身處的時代對話，留下動人的經典。那樣的時代已經過去，不會再有。」

女人感嘆著金斯堡曾經張狂的嚎叫聲，如今也只剩一道遙遠的尾音。

女孩專心Google《嚎叫》，想理解這個不可思議的故事周邊。

「我看見這一代最傑出的腦袋，毀於癲狂，挨著餓歇斯底里渾身赤裸，拖著自己走過黎明時分[22]……。哎，完全看不懂。」

22 《嚎叫》艾倫・金斯堡著。

「其實我也沒有很懂。但是，垮世代的創作實驗精神，意外敲破某些體制高牆，也啟發了當時新生代音樂創作者，例如披頭四、巴布．狄倫。」

女孩點開音樂平台中巴布．狄倫的歌。

「巴布．狄倫是第一位獲得諾貝爾文學獎的流行樂歌手耶。我以為文學獎喜歡頒給很多我們看不懂的書的作家，可是他的歌詞看起來很簡單啊。」

「看起來簡單的，不一定那麼簡單。」

「不要故弄玄虛！」

「妳覺得，流行歌的歌詞是不是文學？大家在社群媒體發表的文字，是不是文學？文學和非文學的界線在哪裡？」

女孩想不出答案。

The answer, my friend, is blowing in the wind. The answer is blowing in the wind.[23]

22

「為什麼妳要讀那麼多很難讓人看懂的書？」

「很多書我到現在也沒看懂啊。你該看昨天還看不懂，今天能看懂的書[24]。作家王文興教會我這樣讀書的。」

「但我可能明天或後天也都看不懂啊。」

「妳可以把讀詩當作抽象思考的練習，沒有懂或不懂的問題。」

「可是，如果沒有人懂，作家們為什麼寫作？」

「寫作如同對自己進行一場正式的訪問，也有人單純只是表達自

23 〈Blowing in the wind〉巴布・狄倫作。
24 《星雨樓隨想》王文興著。

己的感受啊。類似妳在街頭的經驗。」

「在路上……嚎叫……吶喊……。我好像有點懂了，垮世代。」

「以前我們對垮世代充滿幻想，還相約要去城市之光書店朝聖。後來看了《午夜巴黎》[25]才領悟，不管活在哪個年代，都沒人滿意現況。所以學長說不能憤青一輩子。我們還聊起以前大家很喜歡的那首詩，〈有人問我公理和正義的問題〉。」

女孩 Google 女人提到的詩。

「有人問我公理和正義的問題，對著一壺苦茶，我設法去理解，如何以抽象的觀念分化他那許多鑿鑿的證據，也許我應該先否定他的出發點，攻擊他的心態……[26]。」女孩一臉疑惑放下手機，「好難懂。你們喜歡它什麼？」

「對未來充滿期待的年輕人，一起討論詩中的真理，積極參加社

運學運，尋找啟發我們的那份感動。」

車行高架橋，視野逐漸開闊起來。

看著窗外流逝的風景，女孩忽然心有所感。

「我也想自信的說出以後要做什麼。我想要感覺真正的活著！」

「怎樣才算真正的活著？」

「也許像妳一樣，做自己喜歡的工作，去很多地方旅行，認識很多人……」

「不是每個人都要經歷很多事，才算真正的活著。有一天，當妳成為我，也許妳反而會希望不要成為我。」

「那也要等我經歷過才知道。現在，我連自己是誰，要去哪裡都不知道。」

25 《午夜巴黎》伍迪・艾倫執導的電影。

26 〈有人問我公理和正義的問題〉楊牧作。

23

女人在書店前停車。

女孩跟女人眼神對峙，暗示女人不許把她鎖在車裡。女人猶豫一會，點頭同意讓女孩繼續當她的小尾巴。

女孩好奇打量面前的書店。這是一個看起來很有自己個性的小書店。店門口貼滿各種表明自我主張的活動海報，女孩直覺店裡的書跟門口一樣有個性。

女人手機響起，她接起電話，眼神示意女孩先進書店等待。電話那頭，同事連聲抱歉，要女人在書店稍等他前來，一起趕往下個工作地點。女人看了看時間，同意再等一會，請同事盡快趕來會合。

女孩坐在書店角落，瀏覽著書架上那些陌生的書名。

女人在女孩身旁坐下，忙著敲手機回覆訊息。眼角撇見女孩一副百無聊賴卻又若無其事的樣子。

「跟著我不無聊嗎？」

「我想聽妳說故事。如果故事夠精彩，我會考慮……」

「不殺我？」女人自嘲，「那我得想辦法說上一千零一夜。」

「只要讓我覺得人生有值得活下去的梗，就收工。」女孩提出挑戰。「如果真的可以穿越，妳還想去以前的城市之光書店？」

「幾年前去過了。如果只有一次機會，想穿越去別的地方。」

「妳喜歡城市之光書店嗎？」

「記憶中，一樓書架有點窄，感覺隨時會被書擠爆。二樓是屬於詩，屬於垮世代的地方。」

女人說著，漫遊進自己的回憶。女孩滑手機搜尋城市之光書店。

「『城市之光在舊金山乃至整個國家的文學、文化發展上扮演了開創性的角色，舊金山市將書店列為官方歷史名勝。』哇，好酷的書店！」

「當年城市之光出版了垮世代作家的書，引起文化海嘯。書店能挺住風浪經營了幾十年，卻難敵一場疫情。書店向大眾募資，希望能避免結束營業的困境。後來，他們募到了超出預期的資金，撐了下來，在舊金山繼續站立。一間書店必須存在的意義可能很抽象，卻非常重要。一座城市未必都要以摩天大樓當Logo，儲存精神的書店，也可以成為名片，代表城市發言。」

「怎麼說？」

「比如，被視為歷史名勝的城市之光，不只因為那棟老屋和它的藏書，更因為它收藏了一段垮世代的記憶。」

女孩思想著這舉重若輕的書店寓意。

「跟垮掉的一代比起來，我們比較像是被綁架的一代。」

「被什麼綁架？」

「被很多很多東西。」

「例如？」

「升學壓力、社群媒體、流量點擊率……。剛升上高三我就刪掉了ＩＧ和ＦＢ，強迫自己專心讀書。可是，每天在學校聽同學討論我不知道的事情，感覺好像被排擠，幾次忍不住想重新下載ＩＧ，真的快瘋了。妳有過這種感覺嗎？不知道自己是誰，為什麼要念書？」

社群媒體啊……。女人在心裡默默嘆了口氣。思想著關於成長。她呼吸過沒有被標籤化的自由空氣，經歷過純粹的文學、電影、詩與遠方的年代，看似擁有的很貧瘠，內裡卻是富饒。而女孩，生長在這個被手機攤平的世代，動動手指，整個世界、甚至宇宙，都在眼前展開。貌似無所不知的青春，果真如此？

女孩吐出了心裡深處對身處世界的憤怒。

「為什麼所有這個年紀的學生都被要求只能前往同一個方向？即使表面上，我們好像被賦予很多元的選擇權。其實，我們從來都沒有選擇吧？」

24

女孩覺得自己沒有選擇權，那，女人有嗎？

女人無法回答女孩的大哉問。

「真難得，有妳回答不了的問題。」女孩笑了。

「妳把我當 Google？」女人也笑，「好用嗎？」

「看情況。有時候還自動附贈 Chat GPT 功能，蠻好玩的。」女孩說著，看向面前書架上那些從未看過聽過的書，忍不住感嘆。「唉，被考試綁架的一代啊！為什麼十七歲的人生，只能這麼黯淡悲催？」

「韓波十七歲時寫過，『當你十七歲時，用不著正正經經地。一個美好的黃昏，啤酒與檸檬，在明亮的吊燈，喧鬧的咖啡店裡。』[27] 怎麼會悲催呢？」女人順著女孩的視線看向身旁的書架，「看到什麼有趣的嗎？」

「有時候，我很想知道，沒有被教育體制綁架的我，會是怎麼樣的人？刪掉被別人灌輸的想法的那個本來的我，跟現在有什麼不一樣？」

「那妳想像過自己有哪些可能的樣子？」

27 〈羅曼史〉亞瑟・韓波作。

「問題就在於，我的腦袋被別人塞進太多東西，堵住了。因為體制，我失去了對自己的想像！」

「如果跟妳說，大部分的人在成長過程中，都會失去想像的能力，妳會不會覺得好過一點？」

「我覺得更難過了。如果長大代表一連串的失去，如果未來沒什麼值得期待，那小孩為什麼要長大？又為什麼要上學？」

「為什麼孩子要上學[28]？因為學校教的都是為了更了解自己，也學習和其他人甚至社會產生連結溝通。」

「可是，學校體制並不會讓學習變簡單。如果我根本沒機會好好認識自己，了解自己想要、需要什麼，又怎麼知道要怎麼樣學習對我有意義的東西？」

「有沒有想過，那天晚上妳為什麼上街頭？」

25

「因為好奇。」女孩不假思索。

「嗯。妳說那時候感覺對未來有了更好的想像。其實，人們心裡都有一張期待中的藍圖，那就是凝聚大家共識的，想像的共同體[29]。」

「想像的共同體?!」

「比如，金城武是女性心中對愛情的『想像的共同體』。很多人想嫁給金城武，但每個人想跟他過的生活卻不一樣。因為對未來的期待和想像，大家才會聚集在街頭；又因為每個人想像的不同，所以妳會聽到各式各樣的聲音。」

「但想嫁給金城武的心情是一樣的？」

28 《為什麼孩子要上學》大江健三郎著。
29 《想像的共同體》班納迪克．安德森著。

「哈哈哈，重點畫線。就在那場活動的前幾年，紐約也發生過占領華爾街運動。」

「為什麼要占領華爾街？」

女孩默默開啟手機搜尋。

「第一次去舊金山，遇上同志大遊行。那嘉年華般的遊行震撼了我，生平第一次強烈感受到文化衝擊。當時我雖然看不懂遊行的人舉著各種標語內容，卻慢慢理解到了，人們上街頭的行動本身，賦予了那些標語文字更多的意義。」

「什麼意義？」

「那些為黛安娜王妃或大文豪雨果送行的人們，為什麼上街頭？那場巴黎史上最大的遊行中，人們為什麼要握著鉛筆高喊『我是查理』[30]？」

女孩忙碌的手指來不及搜完這些題目，女人繼續出題。

「為什麼恐怖份子不選帝國大廈或自由女神，而要摧毀世貿中心？」

「對，為什麼不是帝國大廈？」

「想想看這些建築各自代表什麼意義？」

「自由女神代表自由，帝國大廈有電影場景，世貿是金融……？」

「妳知道世貿中心跟華爾街都在金融區嗎？」

「我知道有一部電影叫《華爾街之狼》[31]。」

「還有一本書叫《血戰華爾街》[32]。」

「聽起來好血腥……推薦嗎？」

「先推薦另一本，《為什麼上街頭》。」

30 紀念法國《查理週刊》總部遭受恐怖份子槍擊而發起的聲援紀念活動。

31 《華爾街之狼》馬丁・史柯西斯執導的電影。

32 《血戰華爾街》法蘭克・帕特諾伊著。

「我有不好的預感，那會是一本我看不懂的書。」女孩邊說邊搜尋。

「確實有點硬、論述很龐雜。它不只記錄了策畫街頭活動的細節，還分析資本主義金融化之後引發的危機，解釋了資本主義變形的過程，也是民主政治變形的過程。」

「資本主義什麼……？妳看得懂？」

「妳忘了我大學主修財管。」

女孩認真地研究女人推薦的書的書評，「如果問題真的那麼複雜，占領華爾街有用嗎？」

「現在看起來好像沒什麼用對吧。基本的結構性問題也還沒解決……」

「跟我們一樣，那之後到現在，好像也沒有變得比較好。」

「可是事情真的像看起來那樣，沒有任何改變嗎？妳不是說發洩完情緒，現在沒什麼想抱怨的。而且，在街頭上聽到的各種聲音，讓妳跳脫框架，看到教科書外更大的世界。像那本書裡說的，視野被用力推開了[33]。有一位參與者說，活動本身有沒有成功其實沒那麼重要了，因為他從日常生活跟人們的對話中感受到，國家的文化已經開始轉型。大家不會再回頭用過去的思考方式來思考事情，這才是運動本身帶來最重要的價值：思想的改變。也可以說是，啟蒙。」

「沒想到一個事件或一場活動背後，有這麼多複雜卻又重要的原因。原來很多事情不是我以為的那樣。像妳說的，以前看起來理所當然的，好像不再那麼理所當然了。」

女人看女孩有所領悟的表情，似乎她已慢慢開始理解曾經歷過的事情帶給她的影響和意義。

「妳講話的樣子，讓我想到轟動華爾街那個站在公牛雕像前面的

33 《為什麼上街頭？》大衛・格雷伯著。

『無畏女孩』[34]。」

「那座公牛我知道，但無畏女孩是什麼？」

「幾年前，華爾街公牛對面來了一位雙手叉腰、看起來啥米攏無驚的新朋友，人稱『無畏女孩』。結果引發一場出於性別、但不止於性別的論戰。創作公牛的藝術家覺得無畏女孩站在公牛面前是種刻意的挑釁。有趣的是，當初如果無畏女孩不是站在公牛對面，或許，公牛和女孩兩座雕像被討論的廣度和深度，也到不了這麼遠。人事物單獨的存在，跟與其他事物相對時，結果竟然如此不同。萬事萬物的個體存在中都隱藏著相對論的意義。」

「愛因斯坦也來過華爾街？」

「是比喻。用相對的觀點來思考公牛與女孩的關係，或華爾街與世貿的空間隱喻，妳就能大概理解那些事件背後的問題了。」

「空間隱喻又是什麼？」

「恐怖份子摧毀的不只是兩棟大樓，也是全球金融核心的象徵性Logo。摧毀《查理週刊》等於摧毀言論自由。這都是空間的隱喻。」

「我不喜歡隱喻，因為聽不懂。感謝白話文運動，不然我可能還要聽妳之乎者也……」

女孩話中的隱喻是：我沒興趣聽這些文言文，講白話。女人笑了出來。女孩報以白眼。

「獲得世貿大樓重建案競圖的建築師李伯斯金說，從取得競圖到實際參與執行的過程，每個紐約人都會跟他聊設計，他們喜歡什麼、不喜歡什麼。那不是一次遺址重建，而是一棟所有紐約人期待和想像的共同體，透過建築的設計去修復人們內心無形的傷口。」

「壓力好大——」

34 「無畏女孩」（Fearless Girl）克莉絲汀・維斯巴的雕塑作品。

「這就是建築為何重要[35]的原因。尤其公共空間，使用者的需求賦予空間意義。『使一座城市繁榮的不是摩天大樓的鋼筋混凝土，而是住在城市裡面的人[36]』。呼應了卡爾維諾那看不見的城市。看不見的東西最難處理，但有時候卻很重要。」

「真正重要的東西，是肉眼看不見的[37]。」

「所以啊，小孩為什麼要上學？因為，學習的本質不在於記住哪些知識，而在於它能觸發你的思考[38]。如果妳願意持續學習，就永遠不會失去對自己的想像。」

突然從華爾街回到書店現場，女孩有點矇。

「為什麼妳這麼有信心？」

26

女人支著頭想了想該怎麼形容這麼抽象的問題。

「告訴妳一個秘訣。下次腦袋裡的問題要把妳逼到抓狂前，趕快就近找間書店逃進去，然後，想像自己走進一座森林，深呼吸。讓那些從書散發出來的芬多精，幫助妳想像任何時空裡的妳，可能的樣子。等妳覺得可以安全重回地球時，記得，把那個特定時空的妳，寄放在書店裡。這樣，妳就不會在外面的世界搞丟自己。下次回來，那個妳，還會在寄放的書裡，等妳。」

「所以……舊金山的城市之光裡，有一些寄放的妳？」

「很多地方的書店，還有這裡，都有我寄放的一部分。」

「可以跟寄放在這裡的妳，見個面嗎？」

35 《建築為何重要》保羅．高柏格著。

36 《光影交舞石頭記》丹尼爾．李伯斯金著。

37 《小王子》安東尼．聖修伯里著。

38 《正義：一場思辨之旅》邁可．桑德爾著。

女人瀏覽周圍書架，起身尋找記憶中的書，遞給女孩。

「地海世界裡[39]，有我很想念的自己。在那裡，我曾經跟一位名叫格得的男孩，一起學習魔法、學習長大。」

「學魔法？為什麼不去霍格華茲？」

「那所魔法世界名校啊……」女人想了想，「格得的世界比較深刻一點，可以多學一點。」女人接著遞出第二本書。「地海之後，勒瑰恩又領路去了她的格森星。一個很特別的星球。」

「怎樣特別？」

「格森星人只有在特定時期，身體會有性徵變化，其他時間都是沒有性別的雙性同體[40]。」

「聽起來好詭異。這本小說想說什麼？」

「小說是作家的文學烏托邦。在充滿性別禁忌的年代裡，她只能用科幻的方式讓想像力不受限的自由飛翔，藉此打破性別界線。因為現實世界裡，性別常常會被用來當成切割事情的工具。很多原本美好完整的東西，都被切得支離破碎。」

「真的。女生常常被要求要這樣、不能那樣，好累喔。到妳這個年紀，情況會好一點嗎？」

「有些事會好一點，但會出現一些新的問題。」

「既然長大不能解決所有問題，還要面對新的問題，像永遠打不完的地鼠，究竟為什麼要這麼辛苦的長大？」

「因為，長大後，妳可以爭取生活在他方的自由。」

「有道理！」

「然後呢，妳就會感謝年輕時的夢想，帶妳去很多想像不到的地方，看到很多獨特的風景。逛書店就是探險的重點之一。」

「我就很少逛書店，感覺好像錯過什麼很重要的東西。」

「來想像一下，如果實體書店從世界上消失了……」

39 「地海六部曲」娥蘇拉・勒瑰恩著。

40 《黑暗的左手》娥蘇拉・勒瑰恩著。

女孩展開想像的翅膀。

「感覺很奇怪，明明很少去書店，為什麼好像不能沒有它。」

27

「日本三一一後，有位作家花了一年多走訪災區，寫下書店老闆重建的故事。經歷災難後，書，變成生活中很重要的依靠。」

「為什麼很重要？」

「想像一下，缺電、沒有網路的時候，妳要怎麼生活？」

女孩握著手機，想像一天沒網路的情況。

「應該是世界末日吧。」

「災區書店老闆說，點亮書店的燈，是一種使命[41]。書店賣各種書，教災民修房子、寫感謝信，找法律知識。對那些身處困境的人，書，也是精神上的窗戶。有一位伊朗女作家，帶著女學生在德黑蘭讀羅莉塔[42]，她們讀的第一本書，就是《一千零一夜》。」

「為什麼要讀那種很多女人被殺掉的書？」

「你看到的每一本書，都是有靈魂的……不但是作者的靈魂，也是曾經讀過這本書，與它一起生活、一起夢想的人留下來的靈魂[43]。她們讀書並不是為了娛樂，而是因為希望透過經典的文學，找到在困境中活下去的力量。畢竟伊斯蘭的女性不像我們，有讀書的自由，還可以隨興把自己寄放在書店裡。所以有時候，在禁忌的世界裡，書，也是武器。」

「為什麼是武器？」

「敘利亞戰地圖書館[44]是用紙本搭起來的精神堡壘。被困在戰區的人們，躲在殘垣瓦礫中，透過閱讀，對抗漫長的絕望。《牧羊少年

41 《重生的書店：日本三一一災後書店紀實》稻泉連著。

42 《在德黑蘭讀蘿莉塔》阿颯兒．納菲西著。

43 《風之影》卡洛斯．魯依斯．薩豐著。

44 《私運書的人》戴樂芬妮．米努依著。

奇幻之旅》[45]已經不只是一本小說，而是他們渴望的自由象徵。」

「所以，城市之光書店才會募到超過預期很多的捐款是嗎？因為有很多人不希望失去這家書店。」

「因為，我們身處的現代文化河流裡，曾經有一道名叫『垮世代』的重要支流匯入，它甚至某種程度改變了大河的流向。書店，是人們追憶已逝時代的精神堡壘。重建的新亞歷山大圖書館，也是致敬人類最早的知識殿堂。」

女孩看女人眉飛色舞說話的樣子，突然有所悟。

「雖然沒去過城市之光，但，我好像看到了寄放在那裡的妳。」

女孩的話像一隻手，點中了女人的聲穴。

這份突如其來的理解，讓女人瞬間靜默，任由內心微小的感動慢慢流淌出來。

女孩滑手機搜尋書店，眼裡閃著期待的亮光。

「以後我也要去世界各地的書店，認識提前寄放在那裡的我。」

女人收到同事傳來訊息，行程臨時有變化，重新調整工作，請女人自行前往下個地點。女孩隨著女人重新出發。

28

女人的車重回路上。行駛在區隔開雙城之間的大河沿岸高架橋上，視野開闊。女孩卻低頭緊盯著手機上的簡訊，視線鎖死在那幾句文字裡，對手機外的世界置若罔聞。女人正遲疑著是否要出聲，女孩先回了神，放下千斤重的手機，回到現實世界。

「為什麼……妳願意跟初戀復合？」

45 《牧羊少年奇幻之旅》保羅・科爾賀著。

「可能，很喜歡曾經愛一個人的感覺吧。從前日色變得慢，車、馬、郵件都慢，一生只夠愛一個人[46]。復合後，卻發現自己心境已經變了。他正要退伍，準備跟我結婚，我卻辭職跑去遠方……現在想起來，有點遺憾，那時候沒有好好跟他說再見。」

「你們現在還聯絡？」

「沒有。他孩子都上小學了。過好各自的生活，心裡彼此祝福吧。」

「妳也結婚了？」

女人有短暫一瞬的停頓遲疑，隨即點頭。

「你們怎麼認識的？」女孩開啟好奇心模式。

「終於進入妳最有興趣的話題。」女人笑了。「在巴黎的咖啡館裡認識的。看到他在讀中文書，就聊起來。我們聊了一下午，莫名其妙的相談甚歡。他在巴黎學了好個月的法語，像導遊一樣帶我逛街吃飯。他說我們就像是在巴黎版的《愛在黎明破曉時》[47]。」

「你們都聊什麼？」

「什麼都聊。聊巴黎的生活，他的法語課，我的旅行感想。之後我們每天見面，到處逛，一直聊。有一天，他提議去蒙帕納斯墓園，拜訪一對死後合葬的伴侶。那天晚上，又回到我們認識的咖啡館。忽然他聊起《愛在日落巴黎時》。」

「為什麼要聊那個？」

「因為隔天我要回台灣，不知道之後還有沒有機會再見面。電影裡的主角九年後在巴黎重逢了，那兩個人依然有聊不停的話題。然後女主角感嘆：我猜想年輕時，你總是相信以後還會遇到很多心靈相通的人。在之後的現實生活中才發現，這種相遇只會發生幾次[48]。那時候他跟我說，他不想再等九年。」

「這算是告白嗎？——那妳怎麼回答？」

46 〈從前慢〉木心作。

47, 48《愛在黎明破曉時》《愛在日落巴黎時》李察・林克雷特的電影。

「我不確定是不是因為人在異鄉怕寂寞，所以每天在一起？還是我們真的很適合？我們就約好繼續各自的生活。如果還有感覺，就在一起。三個月後他回台灣，隔年我們結婚。」

「聽起來真是一段……非常理性的愛情故事。你們怎麼能夠這麼冷靜。」

「海明威用『冰山一角』的概念來形容寫作。他覺得，小說應該用簡潔的文字塑造豐富的情節，把角色的情緒和感受藏在故事底下，讓讀者自己去挖掘角色的內心戲。」

「意思是，你們的愛情故事像冰山一角，底下還有更大的冰山？」

「意思是，冰山準備靠岸。要上工了。」

女人的車子轉進人間煙火的巷子裡。

29

一位神情略顯侷促的作家坐在一面落地書牆前。

女人指點女孩幫忙拿器材、架攝影機，再為作家別上收音麥克風。女人調整作家的座位，請他以舒適的姿態稍事等候。

回到攝影機後方，女人調整構圖鏡位，請女孩協助拉窗簾調整光源。女孩好奇觀察整個採訪前的設置過程，一面偷偷打量沉默拘謹的作家，一面張望他身後那片令人讚嘆的書牆，默默地盤算自己要花多久時間才能讀完這些書。

「為什麼要採訪這位作家？」女孩忍不住低聲詢問。

「這次拍攝的主題是『第二性』。作家前陣子出櫃，這是他出櫃後第一次接受採訪。上星期導演正式來訪問過了，但後來讀了他的新書，覺得這次議題很適合搭配書的內容，今天來補訪談。」女人看女孩一臉好奇。「妳想試試？」

女孩以眼神詢問女人：可以嗎？

女人上前跟作家幾句低語，作家與女人在沉默中交換視線，點頭。

女孩坐在攝影機旁，深呼吸，撫平緊張情緒。

「為什麼，你有勇氣出櫃？」

「因為，我遇到真心相愛的人，覺得自己，不應該繼續過著偽裝的生活。」

「什麼偽裝？」

「身為男人……我不覺得有趣。從小就被教導要堅強、不能哭；難過害怕的時候，要把情緒收起來；遇到喜歡的人，也不能輕易地說出『我愛你』，因為那樣聽起來，像在示弱……。我心裡有一個黑盒子，收藏了生命中所有不允許被表達的情感。從放進第一個秘密開始，我像是把自己劈成了兩半，最真實的那個我，被留在盒子裡；另一半的我，活在陽光下，尋找任何可以救出藏在盒子裡的那個自己的機會。」

「你的第一個秘密是什麼？……你不想說可以不用說！」

女孩衝動問完立刻語帶歉意地補充。作家微笑搖頭表示不在意。

「我的第一個秘密，是，我愛……跟我同樣性別的人。成長過程中，越來越多秘密被放進心裡的盒子，再後來，開始放進一些謊言……最後，我發現盒子裡的自己，慢慢變成了一個怪物。我開始寫作，試圖用虛構的角色，讓黑暗中的自己，可以光明正大地說話。這是現實世界裡最安全的身分偽裝，也是最可能把自己救出來的方法。但我知道，讀者喜歡的我，那個從作家身分想像的、認知的我，並不存在。我是一本還沒有開始寫作的長篇小說裡的人物，生活在我體內的這個人，從來沒有手被他人緊握。我知道自己應該成為的那個人，從來沒有街道可供行走，而且沒有人可以看見他。……我開始明白我自己。我不存在。我是我想成為的那個人和別人把我塑造成的那個人之間的裂縫。或半個裂縫，因為還有生活……這就是我。沒有了。[49]——如果讀者覺得被騙了，我很抱歉！但我寫所有作品的時候，真的不是出於欺騙，只是為了，救我自己。」

作家言談裡溢出滿滿的真誠歉意，女孩平靜聽著，內心卻很激動。她不懂為什麼鼓起勇氣展現真實自我的人，要為著別人加諸在他身上的想像來道歉。女孩知道自己不該再追問，卻還是按捺不住好奇，問出壓軸。

「最後，你還有沒有什麼話想說？」

女人站在攝影機後，屏息，等待作家的結語。

作家清朗的雙眼直視攝影機，彷彿要穿透鏡頭看向遠處的某個人。在漫長時間沉澱後的眾多語句中，作家撿出內心深處的那句。

「謝謝你，在我徹底變成怪物之前，救了我。」

30

女孩玩攝影機玩上癮了，不想放下。趁女人滑手機回覆工作的空檔，女孩手持攝影機四處隨性拍攝。見到女人終於放下手機，立刻持機上前模擬訪問。

49 《惶然錄》費爾南多．佩索亞著。

「剛才作家說的那些，如果播出來，他不怕在媒體上被輿論攻擊？還有讀者的反應……」

「他當然是做好心理準備，才決定表態的。」

「表態什麼？」

「作家在作品裡坦露內心，不代表他必須揭開私生活的細節。」

「可是他剛才接受採訪，公開了隱私……」

「很多人習慣讓媒體替他們決定觀看的方式，卻很少人認真理解故事的背面。我們盡力影射，讓意見變成事實；我們杜撰來函投訴，再杜撰來函澄清；我們在沒有新聞的地方，製造新聞，因為不是新聞成就報紙，是報紙成就新聞[50]……。或許作家不想因為沉默顯得懦弱，也或許因為厭倦了外界過度解讀他的文字，讓小說變成他這個人的解碼器，而不是文學作品。所以他才主動出擊，接受採訪。」

「這樣能改變什麼嗎？」

「沒人知道一場採訪能改變什麼。讀者有自由意識，作家無法控制讀者解讀作品的方式。但是，作家不希望讀者因為喜愛他的作品，而盲目地成為信徒。所以，他選擇自已打破被公眾營造的形象，讓大家知道寫作對他的意義；不希望勇敢出櫃的結果，毀掉他想繼續寫作的未來。」

「妳跟他很熟？」

「認識好幾年了。」

「才認識幾年就這麼瞭解他，他一定很信任妳。你們怎麼認識的？」

女人收起手機，拿出盒裝菸草，熟練地捲出一根菸。

「不介意我抽菸吧？」

女孩搖頭。女人燃起菸草，倚在河堤旁的欄杆，交出一部分的身體重量，緩緩吐氣。

50 《試刊號》安伯托・艾可著。

在稀薄的煙霧中，女人幽幽回應。

「在巴黎認識的。他是我前夫。」

31

女孩手裡的攝影機差點摔在地上。

女人繼續慢慢吸著菸草，空氣中淡淡飄散著微弱的薄荷辛辣。

女孩看著女人臉上的雲淡風輕，好像剛才女人說出的故事與她自己無關。等女孩終於緩過震驚的情緒，才吐出難以理解的那兩個字。

「前夫?!……妳就是那個，在他變成怪物之前，救了他的人？」

「代價是，差點把自己變成怪物。」

「為什麼妳不恨他？」

「妳怎麼知道我沒有。」

「因為妳現在太平靜了！」

「因為我選擇原諒。」

「這麼可惡的人，怎麼可以原諒！」

女人深深吸了口菸，再深深地吐出那口菸。

「知道真相的時候，我確實很恨！可是，現實並不會改變，我卻把自己鎖在仇恨裡。像他一樣，我也正在變成怪物……。有一天突然想通了，用恨折磨他，毀掉我自己的人生，不值得。我決定離婚，放過自己，重新開始。」

「妳真的不恨了？」女孩研究女人的表情變化。「我不相信！」

「沒有人相信。但無所謂。我不需要說服誰相信什麼。這是他和我之間的事。我們自己知道就好。」

女人熄了菸，打算結束話題。女孩仍不想放過。

「為什麼妳能原諒他的欺騙？」

「其實他先欺騙的，是他自己。因為原生家庭的壓力，他一直沒辦法面對真實的自己，只好強迫自己適應另一種生活。遇到我是個意外。我們個性很合又聊得來，所以他想試試看。說不定婚姻成功，那個藏在黑盒子裡的他，就能被拯救。可惜他對我的愛，不是那種愛情。」

「他竟然拿妳當實驗品！」

「每一段感情，或婚姻，都是一場實驗。不走下去，沒人知道成不成。」

「剛開始以為中樂透，後來才發現踩到重量級狗屎！」

「這是什麼奇怪的比喻。」女人失笑。

「妳還相信愛情嗎？初戀、前夫，都傷害了妳。」
「與其說愛情，不如說……還能不能相信人。」
「妳能嗎？」
女人想再點一根菸，看女孩的表情，默默收起菸草。
「說實話，我不知道自己還能不能相信人。可能要看遇上什麼樣的人。」
「那，什麼樣的人能讓妳再相信？」
「大哉問啊……。年輕的時候，被一個人吸引，願意相信對方，是一種理智無法分析的狀態。現在，好像還是無法分析。」
「妳真的是廢話文學的代表。」
「因為這件事實在太抽象了。有沒有想過，妳喜歡男朋友什麼？哪個瞬間覺得被吸引了，想跟他談戀愛？」
「他很有才華，唱歌的時候特別帥、感覺會發光……別提他！我們分手了！」女孩怒視女人，「不要用問題回答我的問題！」

「我只是用妳能理解的方法回答妳。不然沒辦法解釋成人之間的相互吸引——」

「算了！大人的世界太複雜。」女孩關掉攝影機往前走。「肚子餓了！」

「今天本來計畫去哪裡？想吃什麼？」

「外帶速食，去海邊看夕陽。」

32

開往海邊的路上，女孩吃完整袋速食，心滿意足地閉眼休息。

女人在海邊停車熄火，看女孩睡得很沉，沒叫醒她，默默吃著遲來的午餐。

嘉年華鈴聲突然響起，打破車內寂靜。女孩慢慢醒來，睡眼朦朧看著車外，想確定自己置身何處。手機鈴聲催促女孩回應，女孩看向女人，女人眼神示意她自己決定要接不接。

鈴聲響到盡頭，終止，再響起。女孩按捺不住拿著手機下車，往海岸線方向走去。

遠遠地，女人看到女孩終於接起電話。那孤單的身影佇立在海邊，彷彿一則單薄的青春。

女人下車透氣，與同事通話討論明日的颱風動態是否影響工作安排。

一則訊息傳來，女人點開看完，翻出背包裡的紙袋。紙袋裡，有書。是離開作家的家之前，他遞給她的。

良久。女人回傳兩個字。謝謝。

過了午間高溫期，雖然暑氣依舊炙熱難耐，扎眼的銳利光線卻收斂許多。

穹蒼無雲。海面無波。

鑲著碎鑽般的細緻光點搖曳閃動著夏日午後特有的，一片洗鍊的藍。

颱風來襲前刻意粉飾太平的晴空與寧靜海。

結束通話的女孩，以手遮擋略帶侵略性的陽光。忽然想起，若非不久前被激烈光線啄了眼，引發一場意外的旅程，此刻的她，會在哪裡？

女孩意識到自己被耳朵蒐集的故事帶領著穿越了漫長時空，同時旅行過好多地方。

魔幻寫實？女孩記得好像讀過這樣的故事類型。今天的她們，算不算是？

面對眼前無盡的藍，女孩想起曾與男孩一起看過《那年夏天，寧靜的海》[51]。電影裡的戀人雖然失去聆聽的能力，卻沒有失去愛的能力。女孩也希望能用失去些什麼換取擁有更值得珍惜的東西。例如聽覺。好讓她無法再聽到更多的謊言。

可惜有些願望無法交易。

嘉年華的鈴聲再次把女孩喚回此時此地。

接通電話，女孩靜靜聽著看不見表情的激動聲音，她把手機轉往面海的方向，想讓寧靜的海替她說點什麼。雖然，女孩不知道電話那頭的人是否能聽見，或聽懂。

曾經約好和他一起看的風景，如今只有女孩獨自欣賞。這是此刻唯一可以被訴說的。掛上電話前，她這樣想。

51 《那年夏天，寧靜的海》北野武執導的電影。

不願繼續陷入那企圖挽回的虛惘對話裡，女孩只求專心過好今天。

既然原本完整的情感已遭背叛之刃割出一道深深的傷痕，索性順著切開的裂痕，徹底剝離吧。

讓原本的一體成為兩個獨自的個體。從此各自完整。

女孩沒注意女人何時走到身邊。女人沒出聲，與女孩並肩靜靜站立在空寂的海邊。

兩人一高一矮的身形被陽光取巧的角度折成一枚重疊的影子。

「天黑前回去吧，妳爸媽會擔心的。」

「我爸跟同事出國，我媽跟朋友出國，沒人在家。」

「他們常不在家？」

「我爸工作常出差，我媽有自己活躍的社交生活。跟妳說過，我很自由的！」

手機鈴聲響起第一瞬間，女孩立刻關機。

「今天打算都不接電話了？」

「剛才還沒說完，妳要怎麼相信一個人……」

「妳確定不回電話，要跟我聊這個？」

「不要逃避問題！」

「逃避問題的不是我。」

女孩怒視女人，感覺有股壓抑很久的什麼要爆裂開了，往大海的方向忍不住吶喊：

啊————

33

女孩在吶喊中釋放出內心累積的千百萬個原子憤怒，被海的遼闊收納殆盡。

女人見到女孩眼角似乎蓄著一抹水氣。女孩隨即恢復平靜，好像剛才的吶喊是疾風的錯覺。

「恭喜妳也有了自己版本的嚎叫。」

女人的比喻讓女孩笑出來。「正常的人都會以為我有病。」

「妳也很正常。我確定。其實，妳應該偶爾這樣大叫一下。」

「別人會以為我瘋了。」

「偶爾大叫，跟偶爾大聲唱歌、偶爾開快車、偶爾喝醉、偶爾放空、偶爾關機，一樣，都是平衡自己心理健康的方法。前提是，不要危害別人和自己。」

「如果我想大叫的時候卻剛好在一個不能大叫的地方呢？」

「那就……拿出紙筆，寫下妳的吶喊與嚎叫。有一位德國導演曾經說，如果他沒拍電影，就會住進瘋人院裡——用一些有創意的方法發洩妳的憤怒吧，說不定還會有意外驚喜。」

女孩視線面向大海，「有時候，我覺得自己被困在一個，四面都是海水的牢籠裡，無處可逃。」

「不要怕，這座島上充滿各種聲音，和悅耳的樂曲，使人聽了愉快，不會傷害人。[52]」

「是嗎？你知道當你真的很悲傷的時候，你就會喜歡看夕陽[53]。可惜在這個星球上，一天只能看一次。」

天色漸暗，兩人漫步回岸上，在車邊欣賞落日。

52 《暴風雨》威廉．莎士比亞著。

53 《小王子》安東尼．聖修伯里著。

「作家……後來是怎麼跟妳坦白的？」

「結婚後，他越來越憂鬱，我以為是寫作低潮，沒有多問。有一天晚上他喝醉了，抱著我哭說，他賭輸了。我問他到底賭輸什麼？他說，忘不掉法國的前男友……我的腦袋好像整個突然被炸開，甚至以為他在說法語……」

「對不起，我不該問這些。」

女人燃起一根菸，看著微弱的星火，憶起遙遠往事。

「離婚後搬家，整理行李，翻出川震報導和那批老照片，看到一張坡上小墳，賀小靜。認識賀小靜的時候，她已經死了。因為很多的死亡，我才會去那裡。災難的經歷讓我痛苦到想死的念頭，慢慢消失。我答應賀小靜，要把她的故事，說給山外面的人聽。要為她從來不及長大的童年開始，活下去。」

「賀小靜救了妳。」

「某方面來說，確實是。」

34

落日緩緩墜入海平面後。天空仍留有薄淡的日光。

每天的魔術時光都是隨機的色階搭配。今天是藍與紫和淺灰。

女孩思緒還在那令人費解的愛情故事裡，試圖勘破一些謎面。

「後來……妳怎麼跟作家再當朋友？」

「離婚後很長一段時間封鎖了他，覺得這輩子就老死不相往來了。有一天，看了電影《雙面勞倫斯》[54]，眼淚不停地流，想起他在沙特波娃墓前，聊到死亡。他曾經期待，愛，是可以自由呼吸的角落；

54 《雙面勞倫斯》札維耶．多藍執導的電影。

後來慢慢發現，或許死，才是那個角落。也許我這輩子都不會像作家那麼了解詩、了解文學的美，但我可以透過他談論它們的樣子，感受到美的存在。那種愛很抽象，卻又真實。那天晚上我打電話給他，問他記不記得在蒙帕納斯，聊到艾蜜莉．狄金森的那首詩？」

作家的聲音彷彿從遙遠的過往輕輕傳來：

「我為美而死，但是還未，在我的墓裡安息，又有個為真理而死的人，來躺在我的隔壁。他悄悄地問我為何而死？『為了美。』我說。『而我為真理，兩者本為一體；我們是兩個兄弟。』於是像親人在夜裡相遇，我們便隔牆談天，直到青苔爬上了唇際，將我們的名字遮掩[55]。」

「他說當年我們就像詩裡的兩個親人，相遇了。但他卻傷害了我。他願意隱藏自己一輩子來贖罪。然後我說出原諒……他哭著謝謝我讓他得到面對世界的勇氣。那天，他決定出櫃。」

「我真的很難理解你們這種……奇怪的關係。」

「沒遇到之前，我也很難想像自己會走到這一步。妳問我還相信愛情嗎？有一段時間，我不相信。原諒他之後，突然領悟，這個世界沒有完美的愛情。我應該珍惜曾經相愛的緣分，相信他對我的愛，是真實的。他曾說，如果有必要，願意為我死。其實我很難理解這些，只記得他說，從我這裡得到的愛，比愛情還重要。後來才知道打電話給他那天晚上，他的家人因為知道他的性向，氣得跟他斷絕往來，他已經絕望到準備了結自己。」

「妳是那個在他變成怪物之前救了他的人。」

「因為他的誠實，我也變得坦率；因為他的勇敢，我也變得堅強。我相信人會因為愛而成長。愛情的美好或醜陋就是人性的美好與醜陋。那是人性裡最微妙的感情。它會讓妳看到自己的光明與陰影。」

55 〈我為美而死〉艾蜜莉・狄金生作。

35

海風逐漸拂來些許寒意，慢慢滲進身體。女孩禁不住打了個冷顫。

兩人坐回車上。女孩撿起女人背包中掉出的紙袋，摸出書的形狀。女人在女孩翻出前拿走紙袋，反而激起女孩好奇心，眼神不放棄那本不知名的書。

「之前妳說，不恨他了，而是感謝。是什麼意思？」

「感謝他當時願意坦白。至少他沒有偽裝一輩子，浪費我的人生！今天的世界，還有很多人，尤其女人，連『談論』的資格都沒有。很多人必須隱藏自己，才能坦承真正的自己。……像這位作家。」女人拿出紙袋裡的書。「作者叫娜吉瑪，到現在都沒人知道她的本名。」

女孩拿過書來翻看，讀到封面摺頁的作者簡介。

「娜吉瑪在訪談中表示，『在伊斯蘭世界，寫這樣的一本書，尤其是由女人來寫，是相當危險的，簡直是一種自殺行為』[56]……這麼可怕？」

「很難想像吧。都已經二十一世紀了，女人還會因為坦露感情，而遭受生命威脅。文字的解讀就是一場思想的戰役。」

「荷蘭雜誌書評說，『這部小說太令人震驚了。從來沒有一個穆斯林女人會為了要回發言的權力，而勇敢坦露自己的故事。[57]』只是一本小說，有這麼嚴重？」

「在保守封閉的文化裡，想發聲的女性，得賭命或流亡。所以她們選擇沉默，因為安全。」

女孩闔上那本書。視線停在書封面。她在看著一本書，卻又感覺不只在看這本書。她握著這本書，卻覺得自己握著的，不只是一本書。

56, 57 《杏仁》娜吉瑪著。

36

終於，女孩把書還給女人。書的夾頁裡飄落一張紙，上面手寫一段文字，女孩來不及看清內容，女人把書封進紙袋裡。

女人開啟手機，點進YouTube，點選一首樂曲後，把手機遞給女孩。

女孩看影片裡有一位音樂家坐在鋼琴前，翻開琴譜，卻沒有彈出一個音。

暮色已沉。黑夜降臨。

女人驅車離開海邊。

女孩安靜屏息看著影片中可能會有什麼變化。至少，音樂家應該敲響一顆音符？來回應台下聽眾們的翹首期盼。她等著、等著。

車子行駛了四分三十三秒[58]。女孩與女人在車上共享了一段沉默而豐富的四分三十三秒。

女人聽到手機傳出熱烈的掌聲，「那場」音樂會演奏結束了。

女孩放下手機，一臉疑惑。「看不懂！靜坐四分半鐘不彈琴，還有人鼓掌。這是音樂？」

「作曲家約翰．凱吉說，這並不是沉默無聲的音樂，你聽不到，是因為你不知道怎麼聽。」

「聽起來很深奧，但怎麼覺得在故弄玄虛？——像『噴泉』。」

「又回到小便斗和康寶濃湯那一題。」女人想了想，「有一齣戲的內容是三個好朋友為了一幅用白色顏料畫在白色畫布上的昂貴現代油畫，吵架翻臉。[59]」

「吵什麼？」女孩不解。

「吵……藝術的『價格』與『價值』的落差，還有，一幅全白色

58 《四分三十三秒》約翰．凱吉的音樂作品。

59 《藝術》雅絲曼娜．雷莎的劇作。

的畫是藝術還是唬爛？他們吵架的問題像妳問的『坐在那裡不彈琴，是音樂嗎？』」

「所以，凱吉先生的故弄玄虛，是音樂嗎？」

「妳覺得娜吉瑪的匿名，也是故弄玄虛？」

「重點是娜吉瑪玩命寫作，他沒有。」

「沒有受到生命威脅的創作，就沒有價值？」

「不是！但我覺得，這樣可以被稱為『音樂』的話，誰都會啊。」

「不玩命，藝術創作也不會比較簡單。凱吉的音樂、杜象的藝術、金斯堡的詩，都受到很多嘲笑和批評：音樂該這樣！藝術該那樣！文學不該這樣！」

「不管到底該怎樣，都不值得玩命吧？娜吉瑪為什麼要寫？」

「文字和語言像燈塔，能讓遙遠距離外的陌生人找到通往彼此的信號。作家曾說，讀者會關注魯迅和金斯堡的寫作議題，但娜吉瑪備受關注的卻是她的性別。如果她是一位有發言權的男人，可能就不寫了。寫作的喜悅。保存的力量。人類之手的復仇[60]。寫作或許就是她打破伊斯蘭女性沉默的方式。」

「那個世界的女性，地位真的這麼低？」

「那個世界的男人，用各種武器把自己武裝起來，卻連字母都不讓女人認得。[61]」

「那個世界的女性，還要把自己包得像木乃伊。感謝上帝我們也有穿衣服的自由！」

「感謝二十世紀的前衛服裝設計師，特別是香奈兒女士，把女性從傳統服裝裡解放出來。她告訴所有少女：『妳可以穿不起香奈兒，也可以沒有多少衣服供選擇，但永遠別忘記一件最重要的衣服，這件衣服叫自我。』」

60 〈寫作的喜悅〉辛波絲卡作。

61 《奧蘭多》維吉尼亞・吳爾芙著。

「這正是我最想要的一件衣服！」

37

為了搜尋香奈兒女士的經典名句，女孩重啟手機。

女人忽然想起一則有趣的新聞。

「法國大革命時期，政府擔心女人上街鬧事，於是巴黎警察局就規定，女性如果要穿男性的服裝，得去警察局申請合法許可證。這條禁止女人穿褲裝的法律，直到二〇一三年才正式廢除。是不是有一種科幻電影的荒謬感？」

「我乾脆去寫科幻小說吧。把這些沒有最瞎只有更瞎的事情寫出來，而且不用匿名。」

「蘇珊・桑塔格談到科幻小說時曾說，女人被認為不能代表普遍的人類，而只能僅僅代表女人。一個女人只可以代表女人們。只有一個男人才可以代表全人類。[62]」

「這是繞口令嗎？白話文，拜託。」

「意思是，性別是一種符號。」

「符號又是什麼？」

「褲子等於男人，裙子等於女人……諸如此類的。女人，woman，只能代表女性。男人，man，除了代表男性，也可以代表全人類。人類的英文，human, mankind，這些字的共同點是？」

「這些字裡，都有 man。woman 這個字裡也有 man。」

「《聖經》裡說，女人，是上帝從男人胸口抽出一根肋骨所造的。」

「意思是男人比女人少了一根肋骨？」

62 《同時：桑塔格隨筆與演說》蘇珊・桑塔格著。

「醫學的角度，男人和女人的肋骨總數一樣是二十四根。」

「所以《聖經》是虛構的？」

「以前在社團裡聽大家辯論過這一題。有教友說舊約《聖經》原文是希伯來文，一種已經死亡的文字語言『符號』。因為不再被使用，只能仰賴研究希伯來文的學者解經。『肋骨』原文可能有別的意思，釋譯方式不同，不代表是虛構。」

「所以翻譯很重要——或者女人不是男人的肋骨製造的？」

「無神論者以生物學的染色體和演化論來跟基督徒辯論人類起源。那天的辯論是社團史上的名場面，超級精彩。」

「那妳覺得人類是演化來的？還是，我們是從男人的肋骨被創造的？」

「妳覺得呢？」

「我覺得……如果性別是區分人類的第一個『符號』，如果上帝先造了男人，再創造女人，那，男人是世界的第一個人類，是事實。所以，用 man 來代表全人類，好像勉強可以接受。」

「妳的想法很有創意啊，還把宗教學和語言學融合在一起思考。」女人給女孩一個大拇指的肯定。「以後別再說自己沒想像力了。」

「我有這麼厲害嗎？哈哈。不過好像有點懂了『符號』的意思。」

「很好，能舉一反三了。不過，語言文字的符號意義，比衣服包包複雜多了。剛才談到離我們很遙遠的西方文化，如果不了解那些文字被創造的起源意義，只用最初淺的分類來推測，以 man 為字源就變成主導的暗示。」

「那東方文化裡的女性呢？有什麼例子？」

38

車子沿著路燈稀少的濱海公路前進，逐漸離開郊區駛進市區。

女人一心二用，眼光搜尋形而下適合填飽飢腸轆轆的餐廳，腦中運轉著形而上的議題。

「現在能想到中國最早談論性別議題的孔老夫子說，唯女子與小人為難養也。近之則不遜，遠之則怨。[63]」

「聽起來就有性別歧視。」

「但不一定是我們現在認定的歧視，也可能是現代人的誤讀。畢竟古人的用字遣詞經過漫長時間變遷，一個字的原始用法可能產生很多演變。不過，古代女性一生都養在深閨人未識，大門不出、二門不邁，無才便是德，也就不需要討論有沒有性別歧視了。整個中國文學史上有留名的女作家，也只一位李清照。提到她的代表作都是，冷冷清清，淒淒慘慘戚戚[64]……」

「光聽都覺得好淒慘。感謝自己出生在二十一世紀！」

「二十一世紀，有人飛向火星，也有人活回石器時代的洞穴裡。但，人與人的最大的差異未必是性別，最根本其實是個體之間的差異。出生的時代雖然很重要，關鍵還是在腦袋殼裡的思想運作。勒瑰恩曾經感嘆，女人早就是男性世界的異鄉人了。」

「小說有異鄉人，國家有異鄉人，性別也有。這世界怎麼這麼多異鄉人。」

「因為這個世界有很多高牆，不被主流群體認同的，就會被流放到牆外，變成各式各樣的異鄉人。」

「如果，我是說如果，神話故事以 SHE、而不是以 HE 開頭，文明會被改寫嗎？」

63 《論語・陽貨篇》孔子與弟子著。

64 〈聲聲慢〉李清照著。

她說

「大哉問。妳想把盤古開天、女媧補天改寫成女媧開天、盤古補天？」

「不可以嗎？」

「可以啊，如果妳的版本說得精彩有趣，我一定第一個按讚。」

「妳太看得起我這個小人物了。可惜十七歲高中生的想像力邊界，好像最遠只能抵達學測成績的分數總和。」

「妳說自己是個小人物，沒什麼影響力。曾經躲在閣樓裡寫日記的安妮，並不知道，她的文字在未來會帶給無數人力量[65]。有一位十二歲的女孩因為關注環保行動，爭取到聯合國發表環保演講。還有一位十七歲少女，因為爭取女孩上學的權利，被恐怖份子槍擊。」

「被槍擊的，是馬拉拉——」

「馬拉拉說，聲音是最有力量的武器。阿赫瑪托娃說，王子……我的雙唇早已不是，用來親吻，而是預言[66]。其實女孩不需要等待被拯救的，想像力可能比王子的吻更有用。」

「這跟想像力有什麼關係？」

39

女人手指在方向盤上敲打著，思考的節奏。

「想像力跟所有事情都有關係。想像力比知識重要，因為知識是有限的，但想像力是無限的[67]。當妳停止對自己說不可能，就是在讓想像力幫妳尋找各種可能性。像馬拉拉，她就沒有把希望寄託在大人物身上，而是靠自己的行動，成為自己想在世界上看見的改變。」

「可是，妳說的那些都是特例。我也不可能被恐怖份子開槍，然

65 《安妮日記》安妮．法蘭克著。

66 〈不，王子，我不是那位〉安娜．阿赫瑪托娃作。

67 《愛因斯坦的宇宙宗教學與其他觀點及格言》亞伯特．愛因斯坦著。

後得到諾貝爾和平獎。」

「很少人在開始行動的時候，就能預期後來的結果。金斯堡曾說，沒有什麼垮掉的一代，只是一群想出版自己作品的年輕人[68]。當妳停止為自己設限，就是對自己最大的幫助。」

「說起來很容易，但是，知易行難啊。」

「妳根本不需要敵人，自己就可以打敗自己。剛才那個企圖改寫神話的人，去哪了？」

「想到學測成績，躲起來了。」

「本來想請愛因斯坦來給妳打氣，但，破洞的輪胎好像怎麼打氣也沒用。」

「想像力比知識重要。道理誰都懂，但有哪個爸媽認真培養過小孩的想像力？少年愛因斯坦如果跟我們一起參加基測學測，這世界肯定不會有相對論。」

「確實，現在讀的歷史可能都要重寫。沒人知道重寫之後會不會比較好，但不要這麼快放棄現在的妳，為將來妳想生活的那個世界，繼續努力。當妳知道聲音是最有力量的武器，如果只用來抱怨，確實有點人在福中不知福。」

女孩慢慢消化這些話語背後的意義。要讓知識轉為行動的力量，並不容易。

「剛才說那位到聯合國演講的十二歲女孩是誰？」

「瑟玟．卡莉絲鈴木[69]。她的演講內容後來出了書——嘿，放下手機，別Google。去圖書館找吧。」

「為什麼妳覺得我會想讀那本書。」

「我不知道妳想不想，但妳跟她一樣，對這個世界有很多想法，當妳看到一個小學生都能試著去實踐自己的想法，就會發現，與其把

68 《噱／囂》勞勃．伊普斯汀、傑佛瑞．佛瑞德曼執導的電影。
69 《世界因你而改變》瑟玟．卡莉絲鈴木著。

希望寄託在看似了不起的人身上，不如試著自己採取行動。即使是很小的舉動，都有可能替妳開創自己想要的未來。當年的甘地就是用這股信念實踐了他想看見的改變，成功推動印度獨立。」

女孩放下手機，注視女人。

「大嬸，還有什麼是妳不知道的？」

「哈哈，我不知道的太多了。除了跟自己有關的，其他事情都很無知。是因為導演最近在拍第二性的主題，我也跟著做了點功課。」

關閉形而上的對話。女人停好車，領著女孩走進巷子裡的餐酒館。

40

女孩與女人坐在靠窗的位子。女孩打量這家充滿島嶼意象的精緻法式餐館。女人輕敲桌子示意她先專心點餐。

女孩盯著菜單某一頁，「我想喝酒。」

「未成年不可以——」

「妳不是說，十七歲不用正正經經嗎？要享受什麼……啤酒與檸檬？」女孩亮出身分證，「過了午夜，我就成年了！提前慶祝一下。」

女人看女孩手中揮舞著合法飲酒的證明，感受到她的迫不及待。

「想喝什麼，我請客。」

女孩盯著菜單某一頁，不知如何選擇。「我沒喝過酒，妳推薦吧。」

餐點上桌，女孩興奮地舉杯祝福自己。

「祝我生日快樂！」

「祝我們生日快樂！」女人舉起咖啡杯輕輕碰撞女孩的酒杯。

「妳跟我同一天生日？」女孩訝異，「那也祝妳生日快樂！」

淺嚐一口女人推薦的甜白酒，女孩很喜歡那清爽果香的甜美口感。

「好喝！妳很會選酒耶，酒量應該不錯吧。」

「喝啤酒還行。幾年前在德國住過一段時間，前男友愛喝啤酒。」

女孩聞言差點哽到打翻杯子。

「妳到底有幾個前任？」

「這是最後一個。結婚前交往的。」

「為什麼不按時間順序說？」

「那樣很無聊吧。一千零一夜的故事如果按順序說，女主角早在第一夜就被國王殺死了。」

「但我聽得好混亂……初戀、學長、前夫、德國……不對，先德國、再來……」

女孩掰著手指算順序。女人按掉其中一根手指。

「學長只是學長。不是前任。」

「我想起來了，初戀×2，妳失戀過四次！」

「其他事情記不得，這種事情記這麼清楚。」女人調侃女孩。「順序這麼重要嗎？」

「大家不是都說，戀愛的出場順序很重要？對的時間、對的人……」

「那是以結婚為目標的前提。傳統觀念教育女性，婚姻是唯一的出路。」

「所以，女人不結婚就沒出路？」

「以前女性沒有經濟能力，只能仰賴婚姻。現在當然不是。很多女性終身未婚，像波娃，也可以活出自己的光亮。」

「寫《第二性》那位？」女孩想起剛才在書店看到厚厚的那三本書，有點震撼。

「波娃。鄂蘭。桑塔格。三位站立在二十世紀的女性思想家。她們的著作，以各自的方式啟發很多世代的女性，但受她們影響的也不只女性。」

「說了這麼多西方的女性，那東方的呢？」

「東方的經典女性，反而比較多搏命發聲的人權鬥士。以前，被教育成必須以結婚為目標的東方女性，並不被支持發展出自己的思想。」

女孩聞聲無言。女人訴說的，是她無法了解的曾經，一整個世代。

41

話題走到女孩一直思考的核心。遲疑了很久，她才決定拋出問句。

「可是……如果我想要嫁給心愛的人、當家庭主婦、在家帶孩子，會顯得我很沒出息嗎？」

「怎麼會。家庭主婦是世界上最偉大的工作！如果能遇到某個妳願意一輩子在一起的人，為他和你們的孩子，奉獻妳所有的時間心力，是很了不起的事情。」

很了不起嗎？女孩梳理自己的情感與記憶。

「剛跟那個人在一起時，曾經抄了一首詩……如何讓你遇見我，
在我最美麗的時刻，為這，我已在佛前，求了五百年，求祂讓我們
結一段塵緣……[70]。當時，我用這首詩許願，希望能一輩子跟他在一
起。」

一。輩。子。

這三個字彷彿有其自身的奇幻力場，說出來後，就難以旋開似的。

她們靜默在各自經歷的故事裡，讓時間過濾掉曾以愛許下的諾言在分手後殘留的咒語效力。

「我也曾經背誦過席慕蓉的少女心事。長大後，傷痕累累後，終於領悟，夐虹的寫實，才是愛的常態。因為命運是絕對的跋扈，因為

在愛中，刀痕和吻痕一樣，你都得原諒。[71]」

「什麼是——刀痕和吻痕一樣？」

「刀痕和吻痕，是愛情裡的犧牲與獲得。也是婚姻裡的。其實，任何能深入人心的東西，某種程度，都是一把刀。無論如何小心，都可能會留下傷痕。年輕時讀波娃，羨慕她跟沙特的『兩人一體』，也期待能遇到靈魂伴侶。後來覺得自己很幼稚，竟然把對愛情的幻想投射在別人身上。兩個不同個體間的和睦相處，無法憑空得來，必須不停努力經營。」女人聲線裡似有難掩的疲憊。「嫁給心愛的人、結婚、生子、當家庭主婦，不是愛情的全部。婚姻沒有妳想像的容易。」

「妳有婚姻恐懼症嗎？」

「不是恐懼。是當我終於體會身為某人的伴侶，多麼不容易之後，婚姻就不再是戀愛的必選題。」

70 〈一棵開花的樹〉席慕容作。

71 〈詩末〉敻虹作。

「婚姻生活……真的這麼難？」

「如果妳去採訪人妻，大概有九成的人會跟妳說，什麼靈魂伴侶！不要跟老公反目成仇就不錯了。」

「這麼糟？」

「有一部電視電影《婚姻場景》[72]，據說導致當時瑞典的離婚率上升。因為內容長達五個小時的大量夫妻對話，揭露了兩人內心的陰影。經過那種深度對談，兩個人真的很難若無其事繼續生活下去。」

「難怪我爸媽吵架的時候都說，維持婚姻關係的重點是彼此的演技。有一天，他們大吵說，不演了……」

「作家曾經在低潮期說過類似的話。那時候，我還不知道他心裡的痛苦壓抑，跟他大吵。我說不想再委屈自己討好他！事實是，我把跟前任分手時沒有處理好的殘留情緒潑撒到他身上。而他，把過去累積的孤獨、恐懼和憤怒，發洩在我身上。……不久後，他就崩潰酗酒，向我撕開他的假面。」

「婚姻讓人這麼不快樂？講出這麼負面又貶低自己和別人的話？」

「讓我們不快樂的，或許不是婚姻，而是成長過程中承受的東西。從前的教育是，男性的肩膀要像千斤頂、得扛住所有的重量；女性則要學習三從四德，溫良恭儉讓……古代女性的婚姻觀是，妾擬將身嫁與一生休。縱被無情棄，不能羞[73]——被丈夫拋棄了都不能後悔。」

「古代女人真的好慘。」

「從前貼在女性門前的對聯橫批總是：逆來順受。所以《被討厭的勇氣》[74]才會這麼引起共鳴。顯然大家都很想把心裡被如來佛鎮壓住的孫悟空放出來。」

72 《婚姻場景》英格瑪・柏格曼執導的電影。

73 〈思帝鄉・春日遊〉韋莊作。

74 《被討厭的勇氣》岸見一郎、古賀史健著。

女孩突然想通。「所以妳讓我偶爾大叫？」

「人們在成長過程中被壓抑的情緒，會在面對親密伴侶時，一點一滴現出原形。這就是為什麼婚姻生活不容易，因為有時候妳根本不知道自己在對抗的是什麼。生命是一襲華美的袍，爬滿了蝨子[75]。很多人把婚姻視為華美的袍，只有穿上的人才知道，和蝨子相處的感受。」

女孩想像女人形容的畫面，有點驚悚。「如果決定結婚，我一定先把那張萬年橫批撕下來。」

「有一句成語形容蘇格拉底的太太——」

「河東獅吼。國文老師有說過。」

「都說是她吵得蘇格拉底沒辦法在家，只好到街上跟別人聊天，催生出街頭哲學家。妳有沒有想過？如果《嚎叫》或《吶喊》是蘇格拉底太太寫的，書名可能是《河東獅吼》？以前我很同情蘇格拉底，覺得他被悍妻折磨好可憐。結婚後，有一天突然想起蘇太太——如果每天看到先生正事不做，只會跟人聊存在的意義，可能我也會河東獅吼。」

「哈哈哈。果然是人妻才會想到的問題。」

「從伴侶的角度看伴侶，就是普通人，而不是外界崇拜眼光仰望的、光環強大的哲學家。很多人以為自己嫁給愛情，有時候，卻是嫁給隱忍或秘密。離婚前，大家都勸我，退一步，海闊天空。但誰知道那時候的我，再退，就是萬丈深淵。」

女孩用酒杯輕碰女人的水杯，表示理解與安慰。

女人笑著表示，一切，都過去了。

「離婚後，我想通了。何必在乎別人怎麼看我，重點是我怎麼看

75 〈天才夢〉張愛玲著。

待自己。」

「那妳怎麼看待自己？」

女人俏皮地眨了眨眼。「星星才不在乎自己看起來像螢火蟲。[76]」

42

侍者送來女人剛才點的隱藏版精緻生日蛋糕。

女孩拍照打卡，上傳社群平台後，立刻收到很多按讚和留言祝福。原本的滿心喜悅在看到某則訊息後，瞬間冷卻。女孩默默關掉手機，回到眼前世界。

「嘿，妳覺得我應該怎麼看待自己？」

「千萬別卸下你這把思考的匕首[77]。別讓 Google 和 Chat GPT 替妳思考所有的事情。有些問題，試著自己找答案。尋找的過程，或許妳會慢慢找到看待自己的方法。」

女孩慢慢品嚐著她的生日蛋糕。廚師用心地在白瓷盤上用巧克力醬寫了一句話，剛才她在社群平台上留言問這句翻譯，有人回答是法語的生日快樂。

果然是曾經生活在法國的人會搞出來的小浪漫啊。

「妳的歐洲前男友，是德國人吧？」

「嗯。在國外旅行認識的。那時候剛開始學習一個人自助旅行，他跟同事出差，我們住同一間旅館，連續幾天在相同的時間去吃早餐，覺得太有緣，就聊起來。等我回台灣一段時間之後，才開始遠距戀愛。他很常談起柏林，也積極說服我過去。後來我決定搬過去試試看。」

76 《漂鳥集》泰戈爾著。

77 《謊言的年代》喬賽・薩拉馬戈著。

「妳哪來的膽子?!」

「那時候還年輕，對異國充滿好奇，可能覺得時機跟人都對了，就想去試試。」

「真正的生活在他方，感覺怎麼樣？」

「第一次在國外待那麼久。跟旅行的走馬看花不一樣，異國生活其實沒想像的容易。」

「聽起來妳不喜歡柏林。」

「我很喜歡，那是個非常棒的城市。可惜，我不習慣太冷的天氣，不習慣那裡的食物，想念台灣小吃……。那時候才了解，食物，竟然是我的鄉愁。」

「德國人對妳好嗎？」

「很好。他身上那種西方男性骨子裡對女性的 gentleman，真的很吸引人。當我們在自己的環境裡習慣逆來順受之後，突然被別人呵護著，是很感動的。但是，我跟他畢竟成長在不同的文化裡，每次遇到衝突，就開始討論各自的習俗和價值觀，真的很累。到後來，我們的生活像是小型的東西方文化深度對談。很多根深蒂固的觀念衝突很難快速化解。他希望我學德語，融入當地生活，可是，事情沒有他以為的那麼容易。當初決定辭掉工作，出去看看世界，卻沒想到新生活剛開始，就要被框在另一個文化裡。這讓我陷入另一種焦慮。」

「聽起來好慘。後來怎麼辦？」

「有一天，和男友吵架後出門，卻不知道該去哪裡。我在柏林沒家人沒朋友，離開他，只剩自己，枯坐在公園裡，有種淪落天涯的感覺。」

「妳後悔了？」

「那天在公園裡反覆問自己，這個人，這座城市，不都是我曾經嚮往的嗎？為什麼身在其中，卻這麼不安？後來想通了，原來，我得離開母國，成為文化的異鄉人，才會認識自己的恐懼：真的要當外籍新娘？」

「妳應該……沒辦法吧。」

「確實。那時候太年輕，對自己的認識太少、太淺，很多事都是第一次經歷，身邊又沒人能給建議，一切都手忙腳亂的。」

「只能枯坐在寒冷的公園裡，覺得自己是個傻子。」

「當過傻子，也是很重要的經歷。沒有異國生活的經驗和衝擊，打開隱藏的那個我，我就沒有機會看到不同的自己，學習用不同的角度看事情。那天我開始漫無目的遊走，想看看更多柏林的樣子，想確定自己究竟為什麼去那裡。」

「後來妳去了哪裡？」

「隨興走，後來走到倍倍爾廣場。那裡因為上個世紀一場著名的焚書事件成為歷史景點。廣場中有一個『空的圖書館』[78]紀念當年的事。」

「圖書館？空的？」

「那是個嵌在地面下的裝置藝術，方盒子的地下空間只有四面空白書架牆，像一則隱喻：那些空蕩書架原本應該放著一九三三年在倍倍爾廣場上燒掉的數千本書。看著那件裝置，突然想到自己居住在曾經期待旅遊的歷史古城裡，卻連柏林圍牆遺址都沒去過。」

「德國男友沒帶妳去？」

「這就是生活和旅行的不同。紐約人很少去帝國大廈看夜景，台北人沒事也不會去一〇一看風景。男友把我當家人，會帶我去買菜，不會帶我去觀光。生活在他方的我，最後卻被生活瑣雜淹沒了。」

「被瑣雜淹沒了？」

「說是同居，其實更像是寄人籬下，除了花時間打理家務，還要理解德國社會繁雜的規範。」女人收到女孩遞來同情的眼神，自己也

78 「空的圖書館」（Versunkene Bibliothek）米莎・烏爾曼的公共藝術作品。

覺得好笑。「沒工作沒朋友的我，整個生活都依附在男友身上，幾乎快要失去自己。看著廣場地下空蕩蕩的書架，發現自己心裡好像也有一塊空白。那天回去和男友聊了很久，他終於理解我的困境。我們和平分手。幾天之後，我就收拾行李離開。」

「去哪裡？妳在柏林不是沒有朋友？」

「去巴黎。」

「然後妳就認識了作家。」

「後來的事，妳都知道了。」

43

女孩喝了口酒，酒精讓她有點暈眩，但，女人的故事比酒精更讓人暈眩。

「剛才妳還沒回答……」女孩隔著玻璃杯看女人，一張有點曲折的面孔。「妳後悔去柏林嗎？或者，沒有跟作家結婚，現在應該會更好吧？」

「不去柏林，也會去別的地方；不是作家，也會遇到別人啊。出了家門，就是江湖。行走江湖的人，誰不是一腳底泥濘？很多職業棒球員打一輩子球都遇不到一場完全比賽呢。與其後悔，不如，把遺憾視為一條蟲，把愛情視為一條龍[79]。」

「果然妳只是想要當觀光客嘛。可憐的德國前男友，根本是炮灰。」

「其實他還蠻了解我的。我們現在是無話不談的好朋友，娜吉瑪的書也是他先推薦給我的。他對這種充滿爭議的作品特別感興趣。」

79 〈親愛的靈魂〉魯米作。

「看來這位前任在妳人生中最大的影響是，讓妳多了些奇怪的興趣。」

「這樣說起來，確實是。那個不拍電影就會住進瘋人院的德國導演，就是他推薦的。第一次看那位導演的電影，有被嚇到，後來越看越覺得很厲害。」

「果然，即使相隔千萬里，怪咖還是會飄洋過海、物以類聚的。」

「這個比喻蠻有創意的。」

「說真的，這些前任裡，妳到底比較愛誰？」

「現在是真心話大冒險嗎。」

「這麼嚴肅的問題，好笑嗎？」

「不是笑妳，是突然想到別的事。」

「腦迴路又轉去哪裡？」

「想到金庸的武俠小說。」

「這跟剛才的問題有什麼關係？」

「武俠小說裡的江湖人士，活著好像只為了打鬥，贏了，就能登上武林盟主寶座。所有人都愛爭輸贏，爭著當最厲害的人。可是，一山還有一山高。厲害不厲害，其實很難比較。小時候爸媽喜歡看港劇，尤其是金庸系列，現在還會唱：『問世間，是否此山最高；或者，另有高處比天高？在世間，自有山比此山更高……』」

「『論武功，俗世中不知邊個高；或者，絕招同途異路。[80]』周星馳電影裡也有這首。」

「妳喜歡周星馳？」

「前男友的偶像。陪他看過N遍《美人魚》[81]，台詞都會背了。」

「那妳也喜歡周星馳嗎？不然為什麼這麼配合？」

「其實也沒有特別喜歡或不喜歡……我沒什麼興趣愛好，感覺自

80 〈世間始終你好〉黃霑詞。

81 《美人魚》周星馳執導的電影。

己變無趣的，他想做什麼，就陪他一起。」
「即使他喜歡的，妳不一定喜歡，也會陪他？」
「對啊，不然我也不知道自己要做什麼。勉強陪他，總比一個人來得好。」
女人幽幽的看著女孩，低聲輕嘆。
「她一定樂於討好。樂於改變至完全不必改變的地步。[82]」

44

女孩不解女人為何嘆氣。因為周星馳？
「我說錯什麼了嗎？」
「以前很少讀文學，在巴黎認識前夫時，甚至不知道他是作家。

回台灣後，忍不住搜了他名字，才知道他出過書。第一次跟他在台灣見面時，我已經讀完他所有的小說，還分享了讀後感。雖然很膚淺，但他好像很感動。我猜，那是他想跟我結婚的契機。後來，因為想更了解他和他的愛好，每次他閉門寫作，我就安靜讀他書架上的書，一本一本，慢慢讀。喜歡一個人，他的興趣、嗜好也變成我的興趣、嗜好。他很感謝我願意忍受孤單，支持他寫作。我曾經要求他，有一天要寫一本書送給我。」

「他答應了？」

「已經寫完了。他最近的新書題名獻給我。」

女孩用作家照片搜尋到作家名字，再搜尋到作家的新書。封面書名底下題了獻給W。

「W是妳？」

82 〈一個女人的畫像〉辛波絲卡作。

「或許是我。也可以把它當成一個象徵。作家生命中的女人。像卡夫卡的K，某種命運的符號。」

「命運的符號？」

「如果，當年在巴黎咖啡館相遇時，我沒有主動找他聊天，或許，現在他還待在黑盒子裡。」

「妳怎麼敢在國外主動跟陌生男人搭訕？不怕遇到壞人？」

「剛離開柏林，一個人，真的很孤單。其實可以直接回台灣，但我不想。我還沒準備好面對親友拷問，他們都以為我會嫁到德國。就算是我提分手，大家還是會覺得，我是被外國男人拋棄的可憐女人。當時看到有人在讀中文書，真的忍不住了。很久沒用中文聊天，那時候覺得隨便誰來瞎聊都好。」

「沒想到遇到一個這麼聊得來的……。遇見妳，算作家好運吧。」

女孩的結論讓女人思緒飄到回憶的遠處。

過往種種，在短暫時間裡飛速略過，愛與恨，笑與淚，苦與甜。

誰比誰愛的多？誰比誰傷的重？誰又比誰幸或不幸？

The answer is blowing in the wind……

45

侍者來收拾餐桌的同時，拉回了女人飄遠的思緒。

「其實，誰遇見誰是好是壞，誰知道呢。就像武俠小說，誰比誰武功高，要看用刀還是用劍，所以很難比。雖然，輸贏是相對的，但，愛是絕對的。小女孩，人生很長，以後妳還會愛上別人。那時候就知道，『最愛誰』這種問題，沒有答案，也不需要比較。」

「我前男友說……另外一個女生，**比較**了解他的寂寞。」

「他會背叛妳，不是因為另一個人比較了解他的寂寞，是因為他不懂愛。」

「但為什麼他讓我覺得，他會劈腿，是我的錯。」女孩有點哽咽。

「不是妳的錯！說這種話的人還很幼稚，像小孩一樣，把人的感情拿來比較。最近作家才聊到，結婚雖然時間不長，但我們一起生活讓他領悟很多事。」

「比如說？」

「他談到最近重讀金庸。年輕時讀武俠，只看到江湖的快意恩仇，很男性的世界。現在他卻看到更多快意江湖背後綿密的兒女情長。金庸筆下創造出許多敢愛敢恨、打破傳統規範、主動追愛的女性角色。這些女主們不再只是男性身後的一抹影子。」

「黃蓉……任盈盈……小龍女……」女孩努力想著在線上遊戲裡看過的角色。

「小說裡的女性，跳脫了傳統古代養在深閨人未識的窠臼，也不限於其他青樓名妓的範本。眾家女子踏進江湖，活得淋漓盡致，愛得義無反顧。」

「她們都撕掉了『逆來順受』的橫批。」

「沒想到這是妳最愛的本日金句。」

女孩笑著表示認同女人的看法。

「妳有最喜歡的角色嗎？如果可以像她那樣去活一次？」

女人想了想，搖頭。「江湖兒女的人生太激烈了。現在這樣平平淡淡的，挺好。」

「不羨慕小龍女？有人等了她十六年。」

「如果期待現實裡遇到楊過，應該跟遇到外星人的機率差不多吧。反而遇到韋小寶的機率比較高。」

「嗯！前男友說青春期的男生都是韋小寶。」

「他還真誠實。這本應該列入少女心們的必讀書單。」

「那……那本書呢？」

女孩的眼神飄向女人背包露出一角的紙袋裡的書。

46

女孩向女人展示手錶時間。過了午夜十二點，女孩十八歲，成年了。

「糟糕，待會不能載妳回去，因為馬車變回南瓜了。」

「要我幫妳撿玻璃鞋嗎？」

「我的鞋很堅固耐走，不脆弱喔。但妳的玻璃心我有幫忙收好，回家的時候記得帶走。」

「很冷。」

女人拿出紙袋裡的書。

「作家送我的生日禮物。」

「為什麼要送這種書？」

「這種書，不是妳以為的，類似幾十道陰影的那種。一般讀者會把這兩種書貼上同一種標籤，可以理解。但兩人寫作的意義不同，妳知道的。作家說，他很幸運不需要再『匿名』寫作，他想送我書裡的一句話：要讓你的思想去到遠處。[83]」

「可以送我嗎……？我成年了！」

「我擔心妳爸媽看到妳在看這種書會抓狂。」

「妳爸媽要是知道妳的戀愛史才會抓狂吧！」

「有道理。我不會讓他們知道的。」

83 《杏仁》娜吉瑪著。

女人笑著把紙袋遞給女孩。

「生日快樂！祝福妳的思想去到更遠的地方。記得，重點不是妳從哪裡取得事物，而是妳將引領它去向何處。」

「在一個充滿性別地雷的文化裡，可能嗎？」

「別忘了，妳擁有最珍貴的東西——」

「想像力！」

「它的背後，還有一雙翅膀喔。」

女孩道謝，拿出紙袋裡的書翻閱。

「女作家寫十八禁……壓力應該很大吧？」

「有一位中國女詩人寫了一首詩，〈穿過大半個中國去睡你〉[84]，引發前所未有的轟動。卻被老詩人批評，寫這種小情小愛，沒出息。」

「他憑什麼批評？寫什麼才有出息?!」

「因為女詩人是農民，有人就覺得她應該寫點農村困境，反映現實生活，而不是把才華用在描寫雞毛蒜皮的情愛上。」

「《理性與感性》！《簡愛》！《小婦人》[85]！」

「是啊，女性寫自己的感受，也是反映她感受的現實。詩人曾說，她首先是個女人，然後才是詩人、農民。還有一位蘇聯女作家，採訪過上百位參與二戰的蘇聯女性，以報導文學的手法寫出《戰爭沒有女人的臉》[86]。從女性角度看戰爭，不是進攻占領的策略，而是微觀的生活記憶，很真實。」

女孩Google蘇聯女作家，雖然是女性觀點，卻不只小情小愛。她還寫出了被遺忘的大時代。

「女作家寫禁忌議題，確實不容易。因為閱讀的焦點很容易被模糊。如果只看到《情人》裡的情欲，就是看低了莒哈絲的意境。但，

84 〈穿過大半個中國去睡你〉余秀華作。

85 《理性與感性》珍・奧斯汀著。《簡愛》夏綠蒂・勃朗特著。《小婦人》露意莎・梅・奧爾柯特著。

86 《戰爭沒有女人的臉》斯維拉娜・亞歷塞維奇著。

莒哈絲不會因為被誤讀，就停止寫作。這才是重點。」

47

鈴聲提醒女孩手機收到訊息，她關掉鈴聲，注意力還在思考生日禮物代表的意義。

「妳知道，雖然那是愛情裡美好的事情，但有時候卻會被恐怖份子拿來當成惡意的武器。」

「惡意的武器？什麼意思？」

「戰爭，強盜般的野蠻入侵。以宗教之名，展開種族屠殺的滅絕式暴行。邪惡似乎總是比善良更有創意。」

「邪惡比善良更有創意……這句話好有哲理。」

「如果無可避免地遇到惡意，不要絕望，還是要相信這世界有光。信念也是武器，或許是所有武器中最強的一種！眼盲的人儘管知道黑夜沒有盡頭，還是想看見[87]。穿上希望的盔甲，平凡的人也能走過荊棘地。」

「好理想化。太夢幻偶像劇了。」

「是嗎？還以為今天是《深夜食堂》[88]加《深夜加油站遇見蘇格拉底》[89]。」

「所以是深夜食堂遇見蘇格拉底？他在哪裡？」

女孩假意張望四周，語帶誇張逗笑女人。

「這世界充滿人們無法理解的惡意，記得保護好妳自己。」

「唉，如果可以當一朵溫室裡的花，無憂無慮過完一輩子，多好？」

87　《薛西弗斯的神話》亞伯特・卡繆著。

88　《深夜食堂》安倍夜郎著。

89　《深夜加油站遇見蘇格拉底》丹・米爾曼著。

「可是，妳怎麼知道溫室裡的生命，不羨慕外面的風風雨雨？」

「妳看起來真是什麼都不怕。」

「哪有，我怕很多東西好嗎。但是，在地海學會的魔法，讓我不再恐懼『恐懼』。」

「什麼魔法？」

「抱住黑色自我。以自己的名字叫出黑影的名字，使自己完整。除了自己以外，不被任何力量利用或占有……絕不效力於毀壞、痛苦、仇恨或黑暗。[90]」

「可以用這個星球的語言簡單說嗎？」

「面對自己的恐懼。擁抱它，與它合體。從此不需要逃避。」

「太抽象了。」

「意思是，勇敢克服恐懼，不要被它吞噬，讓心變得陰暗。」

「好難好難……學到這種魔法那妳還怕什麼。」

「喔，我怕冷、怕黑、怕鬼、怕蟑螂，還怕每次拍片，導演都拍到預算超支。」

「冷血、怕麻煩、矯情、愛說教，竟然可以組合成一個有趣的妳。」

「但我，不只是那些加起來的總和。」

「又來了！那妳還是什麼？」

「我不一定是1＋1＝2。也可能，是2＋2＝5[91]。」

2＋2＝5？

48

女人張開手，收起大拇指，將其他四根手指伸直攤向女孩。女孩

90 《地海巫師》娥蘇拉．勒瑰恩著。

91 《一九八四》喬治．歐威爾著。

她說

一臉疑惑。

「妳到底想說什麼？」

「老大哥說這是五根手指頭。」

「這是數學問題還是哲學問題？」

「這是老大哥宣言。」

「誰是老大哥？」

「好問題。」

49

「強迫把別人的思想關進牢籠裡。想讓世界都遵循他們意見的。」

「誰?!」

「別激動。其實黑澤明導演也曾在會議上遇到老大哥，氣得他在心裡狂喊：去吃椅子吧！[92]」

「聽起來當導演好辛苦！」

「很多人寫劇本、找資金——像日復一日推巨石的薛西弗斯，重覆沒結果的永劫回歸。這幾年，『推巨石』突然變成顯學。坊間開始冒出《薛西弗斯十四天速成班》、《推巨石的藝術》、《薛西弗斯健身術：如何健康推巨石》、《不讓巨石滾落的訣竅》、《薛西弗斯沒有告訴你的巨石之謎》、《推巨石一日遊路線》等等，諸如此類的暢銷書、教學影片和課程，甚至開發讓觀光客推假巨石的路線，大家可以拍照打卡，每個人都可以一分鐘變身薛西弗斯……」

「說慢一點，推巨石……什麼書？」女孩來不及搜尋過量資訊。

「那只是比喻。」

92 《蝦蟆的油》黑澤明著。

「薛西弗斯推巨石，是真的？」

「是希臘神話，形容無可奈何的宿命。可惜現在已經很少人知道，薛西弗斯之所以成為薛西弗斯，和那顆不停滾落的巨石象徵的意義。」

「對啊，我只聽過巨石強森。」

女孩一臉冷靜看著笑聲久久未歇的女人。

「有那麼好笑？」

「我喜歡妳的幽默感。」

「原來巨石強森是妳的菜。」

女人笑聲繼續。「薛西弗斯如果聽到這段，恐怕會不想推巨石了。」

50

女孩望向窗外，恰巧與女人在鏡像的窗面上，眼神交會。

一種輾轉的相互凝視、詢問。

「妳呢……？推過巨石嗎？」

女人向鏡像中的女孩提問。

「為什麼對我的故事感到好奇？」

「因為，妳的故事也許會成為我的地圖。」

女孩向鏡像中的女人繼續提問。

「妳成為自己想看見的改變了嗎？」

51

「我曾渴望成為的自己，就是現在的自己[93]。」

移開鏡像裡的視線前，女人這樣回答。

「所以，妳想成為的自己是什麼樣的自己？」

「我屬於老年和青年，也屬於賢者和愚者……我是剛起步卻又已飽經人世滄桑的生手；我屬於各種膚色和階級，也屬於各個階層與宗教……而我或多或少就是這些[94]……」

「這麼有學問的話，又是誰說的？」

「惠特曼。他說這些其實是每個時代的和每個地方的思想，這並非由我來創始[95]。其實，每個人之所以成為現在的自己，都是融合所處時代的思想和經歷的事。我們都是他說的賢者和愚者。從別人的對照中看清自己。」

「比起大學剛畢業的時候，妳更喜歡現在？」

「我喜歡現在的工作，它讓我學會生活，成為『我』。懂得欣賞那首很白話，卻意境深刻的詩。」

「什麼詩？」

「我不和你談論。」

「為什麼不和我談論？」

「這就是詩的名字。」

女孩終於聽懂，邊笑邊滑手機 Google 那首詩。

「我不和你談論人生，不和你談論那些深奧玄妙的思潮，請離開書房，我帶你去廣袤的田野，去看看遍處的幼苗，如何沉默地奮力生長……我不和你談論社會，不和你談論痛徹心肺的爭奪，請離開書

93 〈奧蒂斯〉露伊絲．葛綠珂作。
94, 95 《草葉集》華特．惠特曼著。

房，我帶你去廣袤的田野，去探望一羣羣的農人，如何沉默地揮汗耕作。你久居鬧熱滾滾的都城，人生呀！社會呀，已爭辯了很多……我不和你談論詩藝，不和你談論那些糾纏不清的隱喻，請離開書房……[96]」

女孩的朗誦聲在意象中描繪出一幅開闊的野村農居景象。女人彷彿走回記憶中的場景。

「有一年暑假，去台東拍攝農人收割、插秧的畫面。幾個人蹲在田埂邊圍著攝影機研究鏡位。當時攝影師問導演第一個鏡頭要拍什麼，結果導演竟然說，要拍『秧，靜靜地站在田中央』。攝影師差點吐血。」

「哈哈哈，這到底是要拍什麼。」

「看著隨風搖曳的青幼秧苗，忽然想起這首詩。以前喜歡問問題的我，慢慢被紀錄片從學院書桌帶到事件現場。希望有一天，也能把妳從手機螢幕前，帶到故事現場。那時或許妳就會明白，我不和你談論的意義。」

女孩把玩著手機，盯著鏡面似的螢幕。

「也許，等到有一天，我有了生活在他方的自由，我就會離開這面黑鏡。」

52

沉默的黑鏡在跨過子時邊緣前又響起。女人示意女孩應該讀取訊息。

女孩滑開黑鏡，點開訊息，讀出一臉的糾結。

96 〈我不和你談論〉吳晟作。

「如果……他想復合，妳覺得，我要不要答應？」

「妳想嗎？」

「我不知道！他捅了我一刀，我卻要自己療傷……怎麼可能這麼快原諒！」

「那就不要急著原諒。」

「可是，我……還是很喜歡他。可能這輩子，都沒辦法忘記他。」

「妳不需要忘記他，和愛過他的感覺。」

「我做不到！我沒有妳這麼堅強……」

「我沒有妳以為的堅強。還記得，聽到初戀情人另結新歡的心痛震驚；還記得，在柏林公園裡冷到哭不出來的苦澀；還記得，離婚後躲在棉被裡痛哭的深夜——」

「可是，妳走過來了。妳看起來，活得很好的樣子。」

「因為，等到停止流淚的時候，我才開始看到痛苦和怨恨之外的東西。」

「妳看到了什麼？」

「愛人們，來過，離開。帶走一部分的妳，留下一部分的他們自己。愛情，就像引進其他文明的交流儀式；破碎了舊的妳，融入了新的他，塑造出更豐富的妳。愛人啊……取走我最好的部分吧……把你最好的部分也給我[97]。有人會帶走妳的笑容，留下他的秘密；有人會帶走妳的陰暗，把他的明亮留給妳。這些，都是愛的紀念品。」

「那妳，收到過什麼紀念品？」

「作家，把文學留給我；德國前任，與我共享生活在他方的憧憬。初戀，用傷害把我劈開，讓我學會自我縫合、療癒。」女人輕嘆，

「妳還年輕，不用急著做決定。復不復合，順其自然吧。」

「真希望時間快轉到十年後，我也可以——談笑間，強虜灰飛煙

97 《草葉集》華特．惠特曼著。

滅。[98]」

女孩做了個彈指的動作，表示自己也很瀟灑。

「曾經採訪過一位林業專家，他說了一個果實的故事。有些毬果很多年都不打開，只有森林火災的高溫，能把毬果劈開，種子才會掉出來。它們被稱為『晚熟毬果』——火災的毀滅裡，種子落地，獲得新生命。」

「妳是重生的晚熟毬果。」

「妳也是。」

兩人相視一笑。靜靜喝完杯中的飲料。

餐酒館外的招牌燈熄滅。

53

子夜。女人的車行駛在空蕩路上。朝向女孩回家的方向。

女孩沒忍住傾吐最後的心情。

「爸媽吵了很多年，上星期，第一次聽到他們說離婚。那天打電話給前男友，他說會照顧我一輩子……。」

「大學畢業那年，爸媽離婚了。後來才知道，他們早就商量好，要等我畢業，有能力獨立生活，不會覺得被他們拋棄。這件事我沒跟別人說，卻接到初戀的電話。這就是青梅竹馬的罩門。他認識妳所有的親戚，知道妳無法偽裝。他約我碰面，說要復合，等他退伍就結婚。」

「妳不相信他，卻還是接受了……。」

98 〈念奴嬌·赤壁懷古〉蘇軾作。

「他太了解獨生女的脆弱，很難拒絕那種不再讓妳孤單的愛情誓言。很久很久的後來，才發現，會一直陪妳走下去的，其實是妳自己。」

車子停在導航系統設定的終點。女孩的家。

女人嚴肅地看著女孩，嚴肅地交代她。

「答應我，無論發生任何事情，不要衝動跑去別的車子前面。做傻事會有蝴蝶效應的。妳得找點別的辦法，讓自己成熟長大。」

「到底什麼是蝴蝶效應？」

「某個地方的蝴蝶拍了拍翅膀，可能會在另外一個地方引起龍捲風。二十世紀的原子彈核裂變，引發珈瑪射線大爆炸，被輻射穿透的人體，產生了突變，催生了綠巨人浩克，漫威的超級英雄，和一隻原子怪獸哥吉拉。二十一世紀的鋼鐵人在螢幕中敲下響指，無限寶石激發珈瑪射線爆炸的能量，讓薩諾斯軍團瞬間碳化，成為宇宙灰燼，像瞬間消失的廣島人民。時間永遠朝無限多的未來分歧分岔[99]。在一千四百多萬次的機率裡，妳要為愛妳三千遍的人，選擇好好活下來的那一次。」

女孩彷彿聽到一則濃縮的歷史寓言。當中，埋進許多被遺忘的生命故事。

「在這個世紀，妳不知道，要好好活下來有多不容易？」

「不管在哪個年代，活下來，都需要一點運氣，與很多很多的勇氣。妳要學會埋葬一些事情。因為，在心靈外的世界，有太多東西可能會擊敗妳。如果我們能在這裡獲勝，在每個地方也都可以。」

99 《歧路花園》波赫士著。

「這世界如此美好，值得人們為它奮鬥。——海明威，《戰地鐘聲》。不是只有妳會看文學名著喔。」

女人終於釋放累積整天的壓力，笑著解開車門鎖。

「收工了！」

「最後一個問題！」女孩迎向女人疑惑的視線。「為什麼妳跟所有人都可以恢復朋友關係，跟初戀，卻不能？」

女人拿出菸草，慢慢捲出一根菸，夾在指尖，燃火，卻沒點菸。

「也許……因為心裡還有期待，我們的故事，未完待續。」

54

飯店房間。窗簾拉起，一室陰暗。

女人與初戀男友各自坐在雙人床兩側，背對背。

房裡靜得只剩謹慎的呼吸聲。

女人低頭看著上衣第一顆鈕子。那像是解開地雷的第一顆引信。

男人炙熱的胸膛從背後擁住，讓她呼吸一緊。他將女人轉身，兩雙微微顫抖的手，像正要解除引信般，試圖解開彼此衣鈕。

突然，女人緩緩停頓手上動作，男人跟著停下。

女人碰觸到男人無名指上，那枚婚約的信物。

她知道自己碰觸到自由的底線。男人也知道了。

兩人輕撫彼此的臉，凝視彼此的雙眼。他們決定停在底線兩側，不再向前。

許久之後。

男人將女人上衣鈕子一顆顆扣回去。

女人倚在男人胸前，聽那胸口內隱隱傳來的強烈鼓動聲。

一枚溫柔的吻落在女人額頭，一顆淚在女人眼角被收留。

兩人衣著整齊地躺在床上，低聲交談。隨後，男人睡著了。

女人凝視睡著的男人，那佈滿歲月痕跡的眼角與沉澱風霜的鬢角的臉孔。與另一張年輕稚氣充滿情緒張力的面容，在記憶裡重疊。

輕輕地，女人起身，怕打擾沉睡的人。

離開前，女人在房門邊站了許久，最後一次回望男人。

「故事，還未完待續？」彷彿女孩的聲音輕輕問起。

女人深呼吸，下定決心開門，離去。沒再回頭。

「我鼓起勇氣，接受自己成為他愛情裡的過去。」

女人輕聲回答自己。

55

飯店走廊。女人緩緩獨行。

身後彷彿跟著一句未曾被回應的話，像記憶未消散的影子。

不久前，在她關上那扇房門最後一刻，男人的聲音像冒險電影裡即將崩塌消失的墓穴大門關閉前主角閃身而出般，從門縫間迅速傳來。

那句輕盈的話，是記憶的影子。

走過這個通道的人們，都有各自的影子。與生俱來的影子。不多不少、不離不棄。它們都共享一個名字：寂寞。

過了今夜，女人不再需要多餘的影子。

她將最後的話語留在無人的廊道裡，與它者的記憶自行交談。

56

深夜的便利商店。在漫長幽暗的路邊上，捻亮著一方小小光明。

許多未眠的人、游離的魂，都因為挨著這點光，得以撐過暗夜，皈依黎明。

偌大的店裡，只有大夜班的店員、喝蠻牛壓制瞌睡的夜車司機，和女人。

幸好還有廣播裡的歌聲，貢獻一點活絡的生命力。

握著一杯熱咖啡，女人坐在窗邊望向室外無盡的夜。失去了日光照映世界的細節，玻璃窗牆由黑夜襯底成一面巨大的鏡。

女人端詳室外的同時也端詳著自己。那張臉在晃動間折開另一張疊在後層的面孔。

那是坐在車副座的女孩？還是讓歲月掩蓋的當年那女孩？

女人正想看個仔細，視線閃動的瞬間，女孩已消失。

消失在夜的陰鬱裡？抑或在飽經滄桑的面孔後？

喝盡杯中咖啡，女人起身離開庇蔭她的這一室光明，坐回車上。屬於自己的角落。

不急著發動車子。暫時沒有女人需要趕路的方向。

封閉空間裡有些許聲音殘響。是過去時光裡的自己遺留在此的回音、囈語，或解答？想為此刻的自己解開時間的裂罅間暗藏許久的謎面。

為什麼妳能接受自己成為初戀的過去？重逢那天在街上，你們聊了什麼？

那天，短暫寒暄後，他談起了從久別到重逢之間的生活，那段沒有我的人生。我以為他過得比我好。沒想到，那些以為，只是以為。

他過得不好嗎？

他過得，很難用好或不好來形容。有家庭妻小的中年人生活，就是那樣。後來他說，其實跟誰結婚都一樣吧。說不定跟我結婚可能也會離婚。

他以前就這麼悲觀？

其實我不太記得了。他是我記憶裡象徵青春的符號。我們也許都是在跟自己的記憶對話。他說，以前常想像如果能重活一次？真正見面之後，就清楚了，其實不用重來一次。

那為什麼要執著未完待續？

曾經我們想把當年沒走到底的路，走完。但，那天晚上，我碰到了自由的底線。

那是什麼？

類似地心引力的東西。沒有它，人會失去重心，進而失控。林中有兩條路，無論選擇哪條路，從此另一條路的風景就與我無關。當年沒有走到底的路，不需要繞回去再走一遍。

所以決定不告而別？

不說再見。因為不會再見。走過的人生，早已無法再如初見。

空間裡的殘響逐漸消失。消失在回憶的真空中。

推門下車，女人倚著車門點起剛才沒點燃的那根菸。看裊裊薄煙隨夜風散入空中。

空中繁星點點閃爍。今夜是觀星的好日子。

凝視星空，女人想起康德曾說世上有兩種東西令他敬畏，一個是頭上的燦爛星空，另一個是內心崇高的道德法則。

行路至此，仰望與哲人曾仰視過的同一片星空，心中再無遺憾。

57

結束了仰視黑夜的陰鬱禮讚，夜行的車再次回到海邊。

女人獨坐車裡等日出。從背包裡拿出另一本書。

書的扉頁中央，黑底燙金印著：給W。

就著逐漸冉起的日光，女人開始閱讀這本以第一人稱撰寫的小說。

九月，夏季大三角開展於星河沿岸。

從喧譁的聚會離席，屋子裡正是人聲鼎沸的宴會高潮，走出那笑聲堆疊的核心，走在清冷的自我意識邊陲。這是多麼危險的行為——妳曾那樣告誡，不許我陷落魔幻寫實的自以為是憂鬱；而我，卻仍無法拒絕內在渴望獨行的呼喚，如同海洋無法拒絕深藍一般。

難得今夜走出蝸居一千多個日子的陋室，熱鬧人群中過身一趟，回返自己，靜謐汪洋下，仰頭承受著撲天蓋地而來的虛枉幸福感。想起近千個日子獨居文字裡，沉思時，常被懸在窗前某小說經典對話恍然低聲喚醒。此番種種獨居寫作窘境，大約沒人痴昧如此。

有時白晝亦如夢境，荒謬至極。

總之我因此失去了正常生活的基本能力，太過在乎圍繞著書寫的一字一句所砌成的紙糊不朽，想像自我在時間中趨近永不衰老，現實裡卻踟躕於無法前行。

要重量幹嘛？我聽見一個聲音在問。

那時，我想我還沒釐清自己。這份體悟，讓我好一陣子棄絕掉驚嘆號在文字裡現身。

不要情緒了。不要重量或加強語氣，寧可被宣稱是背離都無所謂。破折號勉強可接受，它代表轉折的思路，算不上情緒吧。

而其實一切的擔憂都尚未發生。我不知道該追索著哪一個方向更是實際。

W，妳總笑我，具有某種無以名狀的文字潔癖，我暗嘆妳用字精準——關於文字潔癖，是我很願意承認的致命缺陷。我的阿基里斯腱。

…………

闔上書，闔上作家沉重的懺情語句。女人終於理解了為何作家願意接受採訪，對這世界直球出擊。那是他的擺渡與修行。在他如荒野般的世界裡，傷痕與故事，有短暫一霎曾經同義。

作家曾說，她是他借來的光。很久很久以後，當原諒縫合了傷口，女人對作家說，不用借了，送你。收好，別弄丟了。

《借來的光》。作家新書的書名。

他用書寫翻開自己的光鮮，致敬自己的陰影。那也曾是她的。

女人學會擁抱全部的自己，破碎與傷痕。與自己重新合體。

有光之處必有影。兩者互為虛構的表裡。

太陽從地平線緩緩升起。

日照逐漸吸收大地的整片黑暗，盡情釋放全面的光亮。

58

孤單的房間裡，女孩在天光亮起的窗邊書桌前，翻讀女人的贈書。

夾頁中飄落一張紙。

女孩第一次翻書時曾經撇見紙上有手寫的文字，當時來不及看清內容。此刻，她像是意外窺伺到不屬於她的訊息，有點犯罪的拘謹，卻還是忍不住好奇。

那是一首手抄詩，應該是作家的字跡。

「……我沒想到今夜如此踏實，青磚爐膛紅通通，老酒剛剛喝一半，剩下的時間，足夠我把講述完成。真相，應由目擊者說出……像深夜撥開門栓的手，用力均勻，又使談話進入危險……率直的話語，會使一方難堪。它簡單又不可丈量，比刀鋒走得更慢更堅定些……朋友，謝謝你承認了怯懦。在火爐旁飲酒，卻被我的講述凍得哆嗦。我依然天真偏執，熱愛自由的生活。現在，我已將最後的講述完成。狂飆驟止，凝神諦聽春天的心臟。[100]」

〈劫後〉。詩的名字。這是一首男人的詩。作家選擇與他生命中的女人分享。

「真相，應由目擊者說出。」女孩低聲複誦這句。

100 〈劫後〉陳超作。

由目擊者說出，讓聆聽者傳遞。

59

天亮了。晨霧散去。城市甦醒。

與灰霧同色的休旅車，開進隧道。

隧道裡的車流逐漸增加，女人的車不再獨行。

一夜未眠後有時異常清醒。是女人此刻的狀態。

廣播報導晨間氣象新聞。原來即將直撲本島的暴風，被太平洋上另一股新生成的氣流相互牽制、轉向。颱風警報解除。

奇妙的蝴蝶效應。

「如果只有一次機會，妳說想穿越去哪裡？」一道遙遠的聲音悠悠問起。

「想去……第一次分手的地方。」

女人終於行過漫長不見天日的幽暗隧道，迎向乍然的眼前一亮。

黑夜的燦爛星空已被康德妥貼收藏。

車窗外的今日，是全新的一日。

萬里無雲萬里天。

60

女人的車路過森林公園邊。遠遠看到前方一對年輕情侶起爭執。

女孩氣憤轉身想闖紅燈過馬路，差點撞上女人前面的車。男孩激動追上前抱住女孩，強行將她拉回公園路邊。女孩偎在男孩懷裡哭泣，男孩摟著女孩極力安撫。

女人的車跟前方的車一起減速。經過小情侶時，女人忍不住好奇看向他們。男孩的眼神正好與看向他的女人眼神交錯。

男孩有一張與女人初戀情人一樣的臉。

遠遠的聲音，輕聲問女人。

「穿越去那裡，做什麼？」

「想為那時候的自己，讀一首詩。」

「可以現在讀給我聽嗎？」

你最美的事，是動搖天地

別人呢，有人以為你不過是回聲
有人卻認定你呼風喚雨
你最美的事，是成為辯詞
被光明和黑暗引以為據
於是，你最後的話語也就是最初的話語——

女孩停止哭泣，輕輕推開男孩，男孩試圖挽回，急急對女孩說了什麼，女孩態度從柔和變得堅定。推開男孩的挽回，留下一句話，轉身離開。

男孩楞楞看著女孩漸漸走遠的背影。

別人呢，有人以為你不過是水泡
有人卻認定你開宗立道

你最美的事，是成為目標
成為分水嶺
區分沉默和話語。[101]

女孩邊走邊流淚，邊流淚邊擦乾眼淚。雖然哭泣，但往前走的腳步是篤定的。

彷彿她已決定獨自展開一場青春的長征。

女人微笑將視線轉回車前方。

車子開進市區，匯流進人間的車水馬龍。

101〈詩之初〉阿多尼斯作。

文學作品引用資料

一、外文作品

安倍夜郎（Abe Yaro）《深夜食堂》

阿多尼斯（Adonis）〈詩之初〉

安娜・阿赫瑪托娃（Akhmatova, Anna）〈不，王子，我不是那位〉

露意莎・梅・奧爾柯特（Alcott, Louisa May）《小婦人》

斯維拉娜・亞歷塞維奇（Alexievich, Svetlana Alexandrovna）《車諾比的悲鳴》《戰爭沒有女人的臉》

伍迪・艾倫（Allen, Woody）電影《午夜巴黎》

班納迪克・安德森（Anderson, Benedict）《想像的共同體》

珍・奧斯汀（Austen, Jane）《理性與感性》

英格瑪・柏格曼（Bergman, Ingmar）電影《婚姻場景》
波赫士（Borges, Jorge Luis）《歧路花園》
夏綠蒂・勃朗特（Brontë, Charlotte）《簡愛》
約翰・凱吉（Cage, John）音樂《四分三十三秒》
伊羅塔・卡爾維諾（Calvino, Italo）《看不見的城市》
亞伯特・卡繆（Camus, Albert）《薛西弗斯的神話》
凱文・卡特（Carter, Kevin）攝影「飢餓的蘇丹」
保羅・科爾賀（Coelho, Paulo）《牧羊少年奇幻之旅》
瑟玟・卡莉絲鈴木（Cullis-Suzuki, Severn）《世界因你而改變》
尼魯佛・迪米爾（Demir, Nilüfer）攝影「艾蘭・庫迪之死」
艾蜜莉・狄金生（Dickinson, Emily）〈我為美而死〉
札維耶・多藍（Dolan, Xavier）電影《雙面勞倫斯》
巴布・狄倫（Dylan, Bob）〈Blowing in the wind〉

安伯托・艾可（Eco, Umberto）《試刊號》
亞伯特・愛因斯坦（Einstein, Albert）《愛因斯坦的宇宙宗教學與其他觀點及格言》
諾拉・艾芙倫（Ephron, Nora）電影《西雅圖夜未眠》
勞勃・伊普斯汀（Epstein, Robert）、傑佛瑞・佛瑞德曼（Friedman, Jeffrey）電影《嚎／囂》
安妮・法蘭克（Frank, Anne）《安妮日記》
艾倫・金斯堡（Ginsberg, Allen）《嚎叫》
露伊絲・葛綠珂（Glück, Louise）〈奧蒂斯〉
保羅・高柏格（Goldberger, Paul）《建築為何重要》
大衛・格雷伯（Graeber, David）《為什麼上街頭？》
稻泉連（Inaizumi Ren）《重生的書店：日本三一一災後書店紀實》
英格麗・瓊寇（Jonker, Ingrid）〈一個在加彭被士兵射殺的孩子〉

岸見一郎（Kishimi Ichiro）、古賀史健（Koga Fumitake）《被討厭的勇氣》

北野武（Kitano Takeshi）電影《那年夏天，寧靜的海》

黑澤明（Kurosawa Akira）《蝦蟆的油》

娥蘇拉・勒瑰恩（Le Guin, Ursula K.）「地海六部曲」《黑暗的左手》《地海巫師》

丹尼爾・李伯斯金（Liebskind, Daniel）《光影交舞石頭記》

李察・林克雷特（Linklater, Richard）電影《愛在黎明破曉時》《愛在日落巴黎時》

丹・米爾曼（Millman, Dan）《深夜加油站遇見蘇格拉底》

戴樂芬妮・米努依（Minoui, Delphine）《私運書的人》

阿颯兒・納菲西（Nafisi, Azar）《在德黑蘭讀蘿莉塔》

娜吉瑪（Nedjma）《杏仁》

大江健三郎（Oe Kenzaburo）《為什麼孩子要上學》

喬治・歐威爾（Orwell, George）《一九八四》

法蘭克・帕特諾伊（Partnoy, Frank）《血戰華爾街》

查理・裴列格里諾（Pellegrino, Charles）《廣島末班列車》

費爾南多・佩索亞（Pessoa, Fernando）《惶然錄》

雅絲曼娜・雷莎（Reza, Yasmina）劇作《藝術》

亞瑟・韓波（Rimbaud, Arthur）〈羅曼史〉

魯米（Rumi）〈親愛的靈魂〉

安東尼・聖修伯里（Saint-Exupéry, Antoine de）《小王子》

邁可・桑德爾（Sandel, Michael J.）《正義：一場思辨之旅》

喬賽・薩拉馬戈（Saramago, José）《謊言的年代》

馬丁・史柯西斯（Scorsese, Martin Charles）電影《華爾街之狼》

威廉・莎士比亞（Shakespeare, William）《暴風雨》

蘇珊・桑塔格（Sontag, Susan）《同時：桑塔格隨筆與演說》
辛波絲卡（Szymborska, Wislawa）〈寫作的喜悅〉〈一個女人的畫像〉
泰戈爾（Tagore, Rabindranath）《漂鳥集》
米莎・烏爾曼（Ullman, Micha）公共藝術「空的圖書館」
黃公崴（Ut, Nick）攝影「燒夷彈女孩」
克莉絲汀・維斯巴（Visbal , Kristen）雕塑「無畏女孩」
高莉・薇思瓦納珊編（Viswanathan, Gauri）《權力、政治與文化：薩依德訪談集》
拉娜・華卓斯基（Wachowski, Lana）、莉莉・華卓斯基（Wachowski, Lilly）電影《駭客任務》
安迪・沃荷（Warhol, Andy）《安迪如何穿上他的沃荷》
華特・惠特曼（Whitman, Walt）《草葉集》
維吉尼亞・吳爾芙（Woolf, Virginia）《奧蘭多》

卡洛斯・魯依斯・薩豐（Zafon, Carlos Ruiz）《風之影》

二、中文作品

孔子與弟子《論語・陽貨篇》
木心〈從前慢〉
王文興《星雨樓隨想》
余秀華〈穿過大半個中國去睡你〉
吳晟〈我不和你談論〉
吳濁流《亞細亞的孤兒》
李清照〈聲聲慢〉
周星馳電影《美人魚》
柏楊《異域》
韋莊〈思帝鄉・春日遊〉

席慕容〈一棵開花的樹〉
張愛玲《傾城之戀》〈天才夢〉
陳超〈劫後〉
黃雲〈世間始終你好〉
楊牧〈有人問我公理和正義的問題〉
夐虹〈詩末〉
鄭愁予〈錯誤〉
羅大佑〈亞細亞的孤兒〉
蘇軾〈念奴嬌．赤壁懷古〉

〈特別收錄〉

小說家

——致王文興老師

晨間的霧與露首度坦承，它們
聯袂自你底情節裡竊取了想像：
昨夜那場象徵主義的雪擲地
有聲地落在玻璃溜門外筆直底老榕葉
與葉的結構中張羅著你
未來的童年直達逝去的老年
之間；一些淺薄底文學可能。

那支謙稱孱弱的筆勤於建構更
勤於時時否決。筆鋒銳利勝荊棘
書寫時字裡行間隱約飄散辛辣氣息，在
章節與章節間隔至高處隱匿一雙
鷹的眼睛俯瞰虛構底現實
與想像爭相質詢持筆的人究竟企圖
攜帶角色們逃亡到哪裡？

（其實不太）微小的讀者群或者
寫小說的人也常懷疑自己極可能屬於
缺乏脊椎底爬蟲類，一輩子
僥倖攀附著舉目一片荒蕪並且
缺乏厚度底二度空間

搜索一種不存在的芬芳。然而
小說家底魔幻寫實不必大費周章
起筆定奪只需兩行——點睛：朦朧的人生
故事就此開眼面世

永遠先造句。必須持續地
練習造句如同練習競技，盡可能
讓文字自行交換意象的配方自行
碰撞長年安於工整拘謹底老派造型
風格有時候是算計但大多時候
造句是為情節打地基——別急！
我們有一輩子的時間，畢竟
文學是一輩子的事。執筆者

她說

早該在踏上這道路徑時便將人生
繳械給爽颯底清涼孤寂
然後等待
那天，滿紙的荒唐言終會浮現繼續書寫底路徑
句子與句子之間會長出情節
情節與情節之間會長出結構
小說家終究會與他的那本小說相遇
然後領悟

結構，是小說決生死的競技關鍵
結構，是小說家用以抵擋漫長孤寂的硬朗脊椎

今天，人們匆匆行過這世界
不停生產類似的遭遇卻

失去了自己的語言失去創造力
只剩模糊的面目凝視未來
再也找不到
獨特的情節交換意象的字句
那時，稍縱即逝的霧與露
或者會懵懂地自竊取於你的情節中
生長出一縷思考的胚胎；也許粗糙但
慶幸是屬於自己的，並且感激
那支以荊棘編織的辛辣的筆戳刺著
它們短暫懵昧的一生所在
難解的世界中心原來只需要
翻開文學一切就能透明

二〇一四年十二月　台北

〈後記〉
霧中歸來的旅程

用文字折開時間塵封之頁。故事，該從何說起？與自己道別的那天？或，重逢的那天？

回望文學記憶第一句是彼時自稱葉珊那位右外野的浪漫主義者：「說我流浪的往事，我從霧中歸來……。」這般地詩意召喚了一位年少蒙昧者動念起程尋找流浪人生的霧中風景。

此後。摸索著電影與文學交織成的世界地圖，在路上，以各種形式探詢成長的種種可能。以各種說詞回應自我提問。許多未曾應答便隨風而逝的問句，沉澱在記憶底層，透過時間的逐字逐句，輾轉成書，且開展為電影。從此，故事不再只是紙砌的象牙塔。

感謝王文興老師，在過往漫長創作路上，總是耐心地透過書信回應作者的各種叩問，指點創作時思考藝術美學的宏觀視野，亦為筆耕之人撚亮桌前那盞孤燈，照映未知的書寫路徑。感恩竺筠師母在本書出版前的鼓勵，並支持作者將王老師生前給予拙作的肯定，公開與讀者們分享。深願這些隻字片語，能延續王文興老師將畢生奉獻給文學所燃起的薪火，化為照亮更多晚行者的微光。雖深感遺憾無法親自將本書作為感恩王老師曾不倦教誨的「束脩」，且將這份遺憾轉化為自我期許，未來繼續創作不懈，以作品回應領受於恩師的啟蒙。

感謝藍祖蔚老師惠贈序文。非常榮幸能從其獨特美學視角回望自身書寫。謝謝鈞甯，在忙碌的工作中還惦記著捎來一句肯定與支持！謝謝旻姐和怡涵的耐心協助聯繫。感謝商周出版的鳳儀姐和拂嫣，耐心扶持本書的誕生。感謝好友昀臻、靜婷、沛慈，鼎力支持本書的出版。感謝在漫長寫作過程中持續為執筆者加油打氣的好友家瑋、美琪、梁雅、敬堯，你們的建言與支持，催化了本書的成形。感謝每個創作階段始終不吝給予鼓勵的朋友們，你們的信任是作者抵抗自我質疑時最強大的武器。

感謝電影《她說》的演員夥伴：伊婷、宸菲、志謙、子恆、佶洋，以及幕前幕後所有協助電影製作與發行的夥伴們！因為你們，這個故事才能活出屬於自己的立體生命，穩定前行。

成為自己想看見的改變了嗎？

掩卷之際，當年那摸索著閱讀形狀追尋生活在他方的少女，慨嘆始終未曾得到答案的提問。既然過境千帆仍無解，就，借楊牧老師的句子，回應從霧中歸來的流浪旅人吧：

這時我們都是老人了——
失去了乾燥的彩衣，只有甦醒的靈魂
在書頁裡擁抱，緊靠著文字並且
活在我們所追求的同情和智慧裡

國家圖書館出版品預行編目資料

她說/王明霞著. -- 臺北市；商周出版，城邦文化事業股份有限公司
出版： 英屬蓋曼群島商家庭傳媒股份有限公司城邦分公司發行，
2024.05

面； 公分

ISBN 978-626-390-116-2（平裝）

863.57　　113004780

她說 SHE'S TALKING, in ISLAND

作　　者／王明霞
編　　輯／程鳳儀

版　　務／吳亭儀
行銷業務／林秀津、周佑潔、賴正祐、林詩富
總 編 輯／程鳳儀
總 經 理／彭之琬
事業群總經理／黃淑貞
發 行 人／何飛鵬
法律顧問／元禾法律事務所　王子文律師
出　　版／商周出版
城邦文化事業股份有限公司
台北市南港區昆陽街 16 號 4 樓
電話：(02) 2500-7008　傳真：(02) 2500-7759
E-mail：bwp.service@cite.com.tw
發　　行／英屬蓋曼群島商家庭傳媒股份有限公司城邦分公司
聯絡地址／台北市南港區昆陽街 16 號 8 樓
書虫客服服務專線：(02) 25007718・(02) 25007719
服務時間：週一至週五上午 09:30-12:00；下午 13:30-17:00
24 小時傳真專線：(02) 25001990・(02) 25001991
服務時間：週一至週五 09:30-12:00・13:30-17:00
劃撥帳號：19863813；戶名：書虫股份有限公司
讀者服務信箱 E-mail：service@readingclub.com.tw
城邦讀書花園 www.cite.com.tw
香港發行所／城邦（香港）出版集團有限公司
香港九龍土瓜灣土瓜灣道 86 號順聯工業大廈 6 樓 A 室
電話：(852)2508-6231　傳真：(852)2578-9337
Email：hkcite@biznetvigator.com
馬新發行所／城邦 (馬新) 出版集團 【Cite (M) Sdn. Bhd.】
41, Jalan Radin Anum, Bandar Baru Sri Petaling,
57000 Kuala Lumpur, Malaysia
電話：(603) 90563833　傳真：(603) 90576622
Email：services@cite.my

封面設計／徐璽
電腦排版／唯翔工作室
印　　刷／韋懋實業有限公司
經 銷 商／聯合發行股份有限公司　電話：(02) 2917-8022　傳真：(02) 2911-0053
地址：新北市新店區寶橋路 235 巷 6 弄 6 號 2 樓

■ 2024 年 5 月 9 日　　Printed in Taiwan

定價／ 390 元

ISBN：978-626-390-116-2

廣 告 回 函
北區郵政管理登記證
北臺字第10158號
郵資已付，免貼郵票

115　臺北市南港區昆陽街16號8樓

英屬蓋曼群島商家庭傳媒股份有限公司城邦分公司　收

請沿虛線對摺，謝謝！

書號：BCL724　書名：她說 SHE'S TALKING, in ISLAND

請於此處用膠水黏貼

線上版讀者回函卡

商周出版

讀者回函卡

感謝您購買我們出版的書籍！請費心填寫此回函卡，我們將不定期寄上城邦集團最新的出版訊息。

姓名：＿＿＿＿＿＿＿＿＿＿ 性別：☐男 ☐女

生日：西元＿＿＿＿＿年＿＿＿＿＿月＿＿＿＿＿日

地址：＿＿＿＿＿＿＿＿＿＿

聯絡電話：＿＿＿＿＿＿＿＿ 傳真：＿＿＿＿＿＿＿＿

E-mail ：

學歷：☐ 1. 小學 ☐ 2. 國中 ☐ 3. 高中 ☐ 4. 大學 ☐ 5. 研究所以上

職業：☐ 1. 學生 ☐ 2. 軍公教 ☐ 3. 服務 ☐ 4. 金融 ☐ 5. 製造 ☐ 6. 資訊

☐ 7. 傳播 ☐ 8. 自由業 ☐ 9. 農漁牧 ☐ 10. 家管 ☐ 11. 退休

☐ 12. 其他＿＿＿＿＿＿＿＿

您從何種方式得知本書消息？

☐ 1. 書店 ☐ 2. 網路 ☐ 3. 報紙 ☐ 4. 雜誌 ☐ 5. 廣播 ☐ 6. 電視

☐ 7. 親友推薦 ☐ 8. 其他＿＿＿＿＿＿＿＿

您通常以何種方式購書？

☐ 1. 書店 ☐ 2. 網路 ☐ 3. 傳真訂購 ☐ 4. 郵局劃撥 ☐ 5. 其他＿＿＿＿

您喜歡閱讀那些類別的書籍？

☐ 1. 財經商業 ☐ 2. 自然科學 ☐ 3. 歷史 ☐ 4. 法律 ☐ 5. 文學

☐ 6. 休閒旅遊 ☐ 7. 小說 ☐ 8. 人物傳記 ☐ 9. 生活、勵志 ☐ 10. 其他

對我們的建議：＿＿＿＿＿＿＿＿＿＿

請於此處用膠水黏貼